Christian Peitz

Der Märchenprinz

Der Märchenprinz

Wer in dieser Märchensammlung liest, wird in prächtige Schlösser und geheimnisvolle Wälder entführt, vor allem aber in fantastische Abenteuer. Dabei kommt es für die Prinzen und Prinzessinnen immer wieder zu sonderbaren Ereignissen. Von der Verwünschung über die gestörte Ruhe in der Hochzeitsnacht bis zur Begegnung mit einem eigensinnigen Lampengeist. Die Geschichten werden immer mit einem feinen Augenzwinkern erzählt. So liefert dieser Erzählband ein zauberhaftes Lese- und Vorlesevergnügen für die ganze Familie.

„Das Konzept - bekannte Märchenstrukturen aufgreifen, diese überspitzen und brechen - geht auf, sorgt für Lacher, neue Geschichten und macht Lust auf mehr."
(Westfälische Nachrichten)

Christian Peitz (Jahrgang 1974) ist Diplom-Pädagoge und lebt im Münsterland. Seit vielen Jahren ist er als Autor und Hörspiel-Produzent tätig. Weit über 250 seiner Märchenhörspiele wurden im Kulturradio des RBB gesendet.

Christian Peitz

Der Märchenprinz

TimpeTe

Märchenverzeichnis

Illustration: Tabea Peitz, Lüdinghausen.
Herstellung: BoD GmbH, Norderstedt.
Verlag: TimpeTe. Lüdinghausen.

ISBN 978-3-944055-30-5

www.timpete.de

Der Märchenprinz

Es war einmal eine Prinzessin, die lebte in einem kleinen, baufälligen Schloss mit windschiefen Türmen. In den Turmzimmern tropfte der Regen durch die Decke, und durch die Fenster pfiff der Wind hinein. Viele Räume waren kaum noch benutzbar. Und dass es an Geld für Reparaturen fehlte, war nur eines der Probleme, mit denen sich die Prinzessin plagte. Weil sie nämlich so arm war, fand sich einfach kein Prinz, der sie heiraten wollte.

„Es ist ein Jammer, dass es immer nur ums Geld geht“, dachte sie oft.

Dabei war sie, abgesehen vom Mangel an Reichtum, mit allen Eigenschaften und Tugenden ausgestattet, die man sich von einer Königstochter wünschen konnte: Sie war ehrlich, klug, herzensgut und natürlich auch schön. Doch ohne Geld hatte es jede Prinzessin schwer, denn auch ein Hofstaat wollte bezahlt sein. So gab es bei ihr nur zwei Bedienstete, denn mehr konnte sie sich beim besten Willen nicht leisten. Der eine war eigentlich Soldat, musste aber auch viele andere Aufgaben erfüllen.

„Wann gibt es denn eigentlich Mittagessen?“, fragte ihn die Prinzessin eines Tages erwartungsvoll.

Der Soldat gähnte.

„Oh, Entschuldigung. Ich war wohl kurz eingeschlafen. Ich bin so müde, weil ich doch als Nachtwache eingeteilt war.“

„Du bist eben mein Mädchen für alles“, meinte die Prinzessin und lächelte.

„Und das, obgleich ich gar kein Mädchen bin“, stellte der Soldat klar.

„Das sagt man doch nur so", erklärte die Prinzessin. „Dann befehle ich Dir nun, dass Du Dich gründlich ausschläfst. Und mir befehle ich, mein Mittagessen selbst zu kochen."

„Sehr wohl", antwortete der Soldat, und kurze Zeit später war sein friedliches leises Schnarchen zu hören.

Der zweite Bedienstete war kein Mensch, was gewisse Vorteile mit sich brachte, denn so musste die Prinzessin ihm keinen Lohn zahlen, zumindest nicht in Form von Geld. Verpflegen musste sie ihn dennoch, doch er benötigte zum Glück nicht viel, da er nicht besonders groß war. Er war ein Bücherwurm und verwaltete die Bibliothek der Prinzessin. Das Lesen war ihre große Leidenschaft.

„Was kannst Du mir denn heute Schönes zu lesen empfehlen?", erkundigte sich die Prinzessin eines Tages.

„Nun, Frau Prinzessin", meinte der Bücherwurm. „Ihr habt bereits sämtliche Eurer 186 Bücher gelesen. Die meisten sogar mehrfach."

„Ja, das weiß ich", bestätigte die Prinzessin. Sie hätte gerne mal wieder etwas Neues gelesen. Die meisten ihrer Bücher hatte sie von ihrem Großvater geerbt. Ein neues Buch konnte sie sich aber nur einmal im Jahr leisten.

„Dann lese ich noch einmal das Buch über die Königshäuser und ihre Familienwappen", sagte sie schließlich.

„Eine gute Wahl", entgegnete der Bücherwurm. „Es steht im rechten Regal. Oberstes Brett, viertes Buch von links."

„Danke", sagte die Prinzessin und fand das Buch am beschriebenen Ort. Der Bücherwurm irrte sich nie.

Sie machte es sich damit im Kaminzimmer bequem. Dort stand ein alter, gemütlicher Sessel. Ein Erbstück ihrer Großmutter.

Sie setzte sich, blätterte durch das Buch, und schließlich fiel ihr etwas auf, das sie bislang übersehen hatte.

„Soldat, zu mir“, rief sie. Und kurze Zeit später trat der Soldat in das Kaminzimmer.

„Zu Diensten“, sagte er und wartete auf ihren Befehl.

Doch bevor die Prinzessin ihm etwas befahl, wunderte sie sich zunächst einmal: „Warum bist Du denn so schmutzig?“

„Entschuldigt bitte“, entgegnete der Soldat, „ich komme gerade von der Gartenarbeit. Was kann ich denn für Euch tun?“

„Schau mal“, sagte die Prinzessin und hielt ihm das aufgeschlagene Buch hin. „Hier steht, dass es noch eine Königsfamilie in Lugabugien gibt, deren Schloss im Nordosten liegt.“

„Ja, und?“, fragte der Soldat, der nicht so ganz verstand, worauf sie hinauswollte.

„Also“, setzte die Prinzessin an, „von dieser Königsfamilie habe ich noch nie etwas gehört. Vielleicht gibt es doch noch einen unverheirateten Prinzen, den ich kennenlernen könnte. Mach Dich bitte auf den Weg und finde heraus, was es herauszufinden gibt.“

„Sehr wohl“, bestätigte der Soldat.

Er wusch sich und zog sich um, denn in seiner schmutzigen Gartenhose wollte er nicht unter die Leute treten. So wählte er für diesen möglicherweise besonderen Anlass seine Ausgehuniform. Er trug sie gern, nur gab es leider immer seltener einen Anlass, zu dem sie gepasst hätte. Die Reise zu einem fremden Königsschloss bot ihm endlich mal wieder eine Gelegenheit.

Er sattelte das einzige Pferd, das die Prinzessin besaß, und schwang sich auf den Rücken des Tieres.

„Hü hott“, sagte er und hoffte, das Pferd werde ihn schnell zum gewünschten Ziel tragen. Doch es lief langsam los, denn es war bereits alt und hatte schon lange keine weite Reise mehr antreten müssen. Und während es so überaus gemächlich lief, fragte sich der Soldat, ob er nicht zu Fuß schneller gewesen wäre.

„Jetzt mach bitte mal ein wenig zügiger“, forderte er das Pferd auf. „So kommen wir ja nie an.“

Doch da konnte er noch so viel betteln und flehen, das Pferd wurde nicht schneller. So dauerte es volle drei Tage, bis er sein Ziel erreichte.

Das Schloss war von dichten Wäldern umgeben, und nur ein schmaler Weg führte zwischen den Bäumen hindurch zum Tor. Der Wachposten war nicht besetzt. Es war ausgesprochen ruhig.

„Hallo?“, rief der Soldat vorsichtig. „Ist hier jemand?“

Es kam keine Antwort, und da das Tor halb geöffnet war, entschied er sich, einzutreten und nach dem Rechten zu sehen. Er stieg ab und band das Pferd an einem Baum fest.

„Ich komme jetzt rein!“, rief er, denn er wollte niemanden durch seine Anwesenheit erschrecken.

Im Schloss war es dunkel und verstaubt. Vorsichtig ging der Soldat von Raum zu Raum, öffnete jede Tür, rief auch noch einige Male in die Stille hinein, doch er traf keine Menschenseele. Er wollte schon umkehren, da fiel sein Blick auf einen kleinen Schreibtisch, auf dem zwischen einem Stapel Papier und einem Gefäß mit getrockneter Tinte ein Buch mit einem ledernen Einband lag. Er wischte den Staub hinunter.

„Was haben wir denn hier?“, fragte er sich und betrachtete seinen Fund genauer. „*Märchen aus Lugabugien*. Die Prinzessin würde sich gewiss freuen, wenn sie mal wieder etwas Neues zu lesen bekäme.“

Kurzentschlossen steckte er das Buch ein und kehrte zurück zum Pferd, das auch auf dem Heimweg nur zu einer gemütlichen

Gangart bereit war. So vergingen weitere drei Tage, ehe der Soldat seiner Prinzessin gegenübertreten und ihr von der Reise berichten konnte.

„Da bin ich wieder“, begrüßte er sie.

„Das sehe ich“, sagte sie und freute sich über seine Rückkehr.

„Also“, begann er zu erzählen. „Ich habe eine gute und eine schlechte Nachricht.“

„Zuerst die schlechte“, entschied die Prinzessin.

„Das Schloss ist unbewohnt“, erzählte der Soldat. „Da gibt es weder einen Prinzen noch sonst irgendwen. Nur jede Menge Staub ist zu finden.“

„Wie schade“, meinte die Prinzessin. „Was ist denn die gute Nachricht?“

„Ich habe Euch ein Buch mitgebracht“, sagte der Soldat und überreichte es ihr. „Das lag da ganz einsam und verlassen.“

„Oh“, freute sich die Prinzessin. „Wie schön: *Märchen aus Lugabugien*.“

Der Soldat durfte sich zurückziehen, damit er sich von seiner Reise erholen konnte, und die Prinzessin lief in die Bibliothek, um das Buch dem Bücherwurm zu zeigen.

„Das ist ein Klassiker“, verkündete der Wurm. „Es bekommt die Nummer 187. Rechtes Regal, mittleres Brett.“

„Alles klar“, sagte die Prinzessin. „Aber bevor ich es einsortiere, möchte ich es zunächst einmal lesen.“

Mit diesen Worten zog sie sich in ihr Kaminzimmer zurück und säuberte das Buch noch ein wenig. Dann setzte sie sich wieder in ihren gemütlichen Lieblingssessel, und während ein kleines Kaminfeuer vor sich hin prasselte, schlug die Prinzessin das Buch auf und begann, das erste Märchen zu lesen.

Es war einmal ein Prinz im Lande Lugabugien, der lebte in einem wunderschönen Schloss mitten im Wald. Er war stark und schön, nur hatte er leider ein schlechtes Benehmen und verärgerte so nicht nur den König und die Königin, sondern auch seine Bediensteten. Eines Tages nun hatte er die Idee, sich mit einer ehrwürdigen Hexe anzulegen, die überall sehr beliebt war und niemals irgendjemandem ein Leid zugefügt hatte. Und so ...

„Das stimmt ja überhaupt gar nicht“, unterbrach sie eine Stimme. Die Prinzessin schaute sich verwundert nach allen Seiten um, und da sie niemanden sah, glaubte sie schon, sie habe sich die Stimme eingebildet.

„Wie bitte?“, fragte sie vorsichtshalber.

„Lügenmärchen sind das“, antwortete die Stimme.

„Wer spricht denn da überhaupt?“, fragte die Prinzessin und wurde langsam ein wenig ärgerlich.

„Ich bin es“, sagte die Stimme. „Der Märchenprinz.“

Da blätterte die Prinzessin eine Seite weiter und sah das Bild eines Märchenprinzen als Tuschezeichnung. Und diese Zeichnung winkte ihr verlegen zu.

„Ich muss schon sagen“, meinte die Prinzessin, „dass ich noch nie ein so lebendiges Buch gelesen habe.“

„Du darfst aber auf keinen Fall glauben, was da steht“, sagte der Prinz eindringlich.

„Es ist ein Märchenbuch“, entgegnete die Prinzessin. „Und Märchen enthalten doch meistens auch ein Fünkchen Wahrheit.“

„Aber wirklich nur ein Fünkchen“, sagte der Prinz. „Eigentlich war nämlich alles nur ein kleines Missverständnis.“

„Was meinst Du?“, fragte die Prinzessin.

Da erzählte ihr der Märchenprinz seine Geschichte: „Zunächst einmal war ich bei meinem Personal sehr wohl beliebt. Die Hexe hingegen war ziemlich gefürchtet. Und ich habe mit einem Freund gewettet, dass ich es schaffe, auf ihrem Besen zu fliegen. Als ich mir aber den Besen von der Alten ausleihen wollte, hat sie mich erwischt. Und auf einmal fand ich mich in diesem Märchenbuch wieder."

„Und wie geht Deine Geschichte aus?", wollte die Prinzessin wissen.

„Naja", meinte der Prinz. „Du siehst es ja: Ich bin im Moment ein Gefangener. Wie es weitergeht, weiß ich nicht."

Die Prinzessin las also, wie das Märchen zu Ende ging:

So musste der freche Prinz auf ewig in dem alten Märchenbuch bleiben. Und wenn er nicht gestorben ist, dann findet man ihn da noch heute.

„Das ist doch wohl wirklich ein blödes Ende", beschwerte sich der Prinz, und die Prinzessin gab ihm uneingeschränkt recht.

Nur wusste sie nicht, was sie unternehmen konnte, um den Prinzen zu befreien, also fragte sie zunächst einmal den Soldaten. Doch der war müde und verstand nicht, was die Prinzessin von ihm wollte.

„Wenn Ihr die Geschichte zu Ende gelesen habt", murmelte er schlaftrunken, „könnt Ihr das Buch einfach in das Regal stellen. Der Bücherwurm wird Euch helfen."

So ging die Prinzessin in die Bibliothek und erzählte dem Bücherwurm die ganze Geschichte.

„Ein lebendiger Prinz?", staunte dieser. „In Eurem neuen Buch? Was für eine verrückte Geschichte!"

„Ja, das ist ziemlich außergewöhnlich", meinte auch die Prinzessin. „Aber das Märchen hat mir nicht so gut gefallen. Es gibt kein schönes Ende. Außerdem würde ich gerne wissen, ob es wohl möglich ist, den Prinzen aus dem Buch zu befreien."

Der Bücherwurm dachte darüber nach, und so verging eine Zeit, denn Bücherwürmer denken langsam und gründlich.

„Hexereien und Verwandlungen kommen in Märchen häufig vor", sagte er schließlich. „Und Rückverwandlungen auch. Ich habe Dir drei Vorschläge zu machen."

„Ich bin gespannt", entgegnete die Prinzessin. „Lass hören!"

„Kennst Du das Märchen vom *Froschkönig*?", fragte der Wurm.

Natürlich kannte sie es.

„Da wurde der Frosch gegen die Wand geworfen", erklärte der Bücherwurm. „Und so hat er sich wieder in den Prinzen zurückverwandelt. Es könnte doch sein, dass das mit dem Buch auch geht."

„Ich möchte aber weder das Buch noch den Prinzen gefährden", wandte die Prinzessin ein.

„Dennoch könnte genau das die Lösung sein", sagte der Wurm.

Die Prinzessin schlug also das Buch auf, blätterte zur Tuschezeichnung und sagte zum Prinzen: „Hör nun gut zu! Mein Bücherwurm kennt sich mit Märchen sehr gut aus. Und wir werden nun ein paar Dinge versuchen, um Dich zu befreien."

„Aha", meinte der Prinz. „Was wollt Ihr denn versuchen?"

„Zunächst einmal", erklärte die Prinzessin, „werden wir das Buch gegen die Wand werfen. Also halt Dich gut fest."

Noch ehe der Prinz etwas dagegen sagen konnte, hatte die Prinzessin das Buch bereits wieder zugeschlagen. Im nächsten

Moment warf sie es gegen die Wand. Von dort prallte es ab und fiel zu Boden. Die Prinzessin hob das Buch wieder auf und blätterte zur Tuschezeichnung. Der Prinz schien etwas wackelig auf den Beinen und hielt sich den Kopf. Das Buch hatte keinen Schaden genommen.

„Geht es Dir gut da drin?“, fragte die Prinzessin.

„Mir ist etwas schwindelig.“

„Das tut mir leid“, entgegnete die Prinzessin und sah ihren Bücherwurm fragend an.

„Vielleicht ist *Dornröschen* die bessere Wahl“, meinte dieser.

„Dornröschen?“, fragte die Prinzessin.

„Ja“, bestätigte der Wurm und erklärte es in aller Kürze: „Die wurde wachgeküsst.“

„Der Prinz schläft zwar eigentlich nicht“, sagte die Prinzessin, „aber versuchen können wir das natürlich auch. Und davon wird dem Prinzen auch nicht schwindelig.“

„Das bleibt abzuwarten“, meine der Bücherwurm.

„Was ist los?“, fragte der Prinz.

„Halt mal still“, befahl die Prinzessin, und dann gab sie der Tuschezeichnung einen Kuss.

„Hui“, sagte der Prinz. „Das hat ganz schön gekitzelt.“

„Aber es hat auch nicht geholfen“, bemerkte die Prinzessin. „Was ist denn die dritte Idee?“

„Vielleicht müsst Ihr den Prinzen einfach ausschneiden“, schlug der Bücherwurm vor.

„Nein, nein“, wandte der Prinz ein. „Kommt mir bloß nicht mit einer Schere. Wenn da etwas schief geht.“

„Aber“, meinte die Prinzessin, „vielleicht kann ich ihn herausschreiben.“

„Was soll das denn bedeuten?“, fragten Prinz und Wurm gleichzeitig.

„Das Märchen gefällt mir ja nicht so gut“, erläuterte die Prinzessin. „Also schreibe ich einfach ein anderes Ende.“

Sie nahm nun einen kleinen Pinsel und etwas weiße Farbe. Behutsam malte sie damit über das Ende des Märchens, und nach und nach verschwanden die schwarzen Buchstaben.

„Sei bitte ganz vorsichtig“, mahnte der Prinz. „Pass auf, dass Du nicht aus Versehen mich übermalst.“

Bald war das Ende des Märchens verschwunden, und die weiße Farbe konnte trocknen. Die Prinzessin pustete und fächerte, doch sie musste einsehen, dass weniger ihr Zutun als vielmehr ihre Geduld gefragt war. Schließlich war es so weit. So nahm sie Tinte und Feder und begann zu schreiben, während sie gleichzeitig die Worte sprach.

Eines Tages aber wurde das alte, vergessene Buch von einem Soldaten gefunden, der es seiner Prinzessin brachte. Sie schlug es auf und las darin die Geschichte des Prinzen, von der sie sehr gerührt war.

„Stimmt das?“, unterbrach sie der Prinz. „Bist Du wirklich gerührt?“

„Sei bitte still“, forderte die Prinzessin. „Ich muss mich konzentrieren.“

„Ich sage ja schon nichts mehr“, sagte der Prinz, der einsah, dass auch seine Geduld gefragt war.

So versuchte sie alles, um dem Prinzen zu helfen. Schließlich kam ihr eine Idee, und mit Tinte und Feder gelang es ihr, den Prinzen aus seiner Gefangenschaft zu befreien.

Während sie dies schrieb und gleichzeitig aussprach, verblasste langsam die kleine Tuschezeichnung, und neben der Prinzessin, wie aus dem Nichts kommend, erschien auf einmal der Prinz, zuerst noch etwas durchscheinend, schließlich aber stand er da und betrachtete staunend seine Hände.

„Ich bin frei", jubelte er. „Du hast mich gerettet."

„Ruhe bitte!", sagte die Prinzessin streng. „Ich bin noch immer nicht fertig!"

„Was kommt denn jetzt noch?", fragte der Prinz ungeduldig.

Die Prinzessin jedoch antwortete nicht auf seine Frage, sondern tauchte die Feder erneut in die Tinte.

Als der Prinz befreit war, erstrahlte auch sein altes, verlassenes Schloss wieder in neuem Glanz, und der Fluch der Hexe war damit vollends gebrochen. Das Beste aber war, dass Prinz und Prinzessin sich ineinander verliebten. Und wenn sie nicht gestorben sind, dann leben sie noch heute.

Prinz und Prinzessin sahen einander in die Augen, und beide merkten, wie ihre Herzen höher schlugen, und wie es in ihren Bäuchen zu kribbeln begann. So gab es kein Halten mehr, und sie fielen einander in die Arme.

„Was für ein schönes Ende!", schluchzte der Bücherwurm, und eine Träne der Rührung kullerte seine kleine Wange hinunter. Von der glückseligen Stimmung im Schloss wachte schließlich sogar der Soldat auf.

„Herr Prinz“, sagte er. „Eines würde ich gerne wissen: Habt Ihr Bedienstete, die mir auf Dauer zur Hand gehen könnten? Wenn nämlich zwei Haushalte zusammengelegt werden, schaffe ich das beim besten Willen nicht allein.“

„Da mach Dir mal keine Sorgen“, wusste ihn der Prinz zu beruhigen. „Mit meinem Fluch ist wohl auch der meiner Bediensteten gelöst. Sie werden gewiss in meinem Schloss auf uns warten.“

So war es auch. Bald fand die große Hochzeit statt, und die Prinzessin zog mit beiden Angestellten und ihren Büchern zum Prinzen, dessen Schloss erstrahlte, als ob es neu erbaut worden war. Und weil der Prinz auch noch einen großen Stall voller Pferde hatte, durfte das alte Pferd der Prinzessin nach dem Umzug endlich seinen verdienten Ruhestand genießen.

Auch die gemeinsame Bibliothek sollte beachtlich werden, denn zu den Büchern der Prinzessin kamen nun noch die des Prinzen, und das waren einige. Der Prinz las nämlich ebenfalls sehr gerne. Das Märchenbuch, in dem er gefangen gewesen war, bekam keinen Platz im Bücherregal.

„Ich schlage vor“, meinte der Bücherwurm, „dass wir es in einer Vitrine aus unzerbrechlichem Glas aufbewahren.“

„Ein guter Vorschlag“, lobte die Prinzessin. „Es darf nur zu besonderen Anlässen herausgeholt werden.“

Genau so wurde es dann auch gemacht. Der Prinz und die Prinzessin wurden miteinander sehr glücklich, und wenn sie nicht gestorben sind, dann leben und lesen sie noch heute.

Nur der Kuss einer Prinzessin

Es war einmal ein Prinz, der interessierte sich sehr für Prinzessinnen. Und zwar nicht für eine bestimmte, wie sich das eigentlich für einen Prinzen gehört hätte, sondern für alle, die irgendwie schön waren. Er traf sich immer wieder mit unterschiedlichen Prinzessinnen und machte jeder schöne Augen.

„Das ziemt sich nicht für einen Prinzen", sagte die Königin eines Abends, und der König nickte zustimmend.

„Ach was", meinte jedoch der Prinz. „Warum sich für eine entscheiden, wenn mir doch viele gut gefallen?"

„Hüte Dich davor, ein Herzensbrecher zu werden", mahnte die Königin, und der König nickte zustimmend.

Und das war ein guter Rat, denn auf der anderen Seite war es tatsächlich so, dass jede einzelne Prinzessin, die der Prinz traf, insgeheim hoffte, dass gerade sie die Auserwählte sein könnte. Doch der Prinz legte sich nicht fest.

„Eines Tages vielleicht", dachte er. „Aber ich werde mir mit dem Verlieben Zeit lassen."

Für die Prinzessinnen wurde er dadurch noch interessanter. Ebenso wie ein schwieriges Rätsel, das niemand lösen konnte. Und wenn einer Prinzessin klar wurde, dass sie nicht in der Lage war, das Herz des Prinzen für sich zu gewinnen, dann flossen Tränen.

„Wie kann er nur so gemein sein?", fragte dann schluchzend jede unglücklich Verliebte, und ihre Kammerzofen, Diener und Köche mussten ihnen durch warme Worte, Plätzchen und Kakao dabei helfen, wieder neuen Lebensmut zu gewinnen.

Nun geschah es aber, dass der Prinz einen Spaziergang in seinem Lieblingswald unternahm. Ohne Begleitung. Im Wald war die

Luft frisch und mit einem angenehmen Duft von Moos und Herbstlaub versehen. Zudem gab es dort niemanden, der ihn zum Heiraten überreden wollte. Und wie er so lief, da kam er an eine Abzweigung, die ihm noch nie aufgefallen war. Ein verschlungener Pfad, der zwischen Bäumen und Farnen hindurch tief in den Wald zu führen schien. Auf diesem Pfad spazierte in einiger Entfernung eine wunderschöne Prinzessin. Sie kam ihm entgegen.

Augenblicklich geriet der Prinz ins Schwärmen: „Wie anmutig sie den Weg entlang schreitet. Wie sanft ihr Haar mit jedem Schritt die schönen Schultern streift. Wie funkelnd die Augen aus dem Walddunkel leuchten."

Von dieser jungen Frau ging eine Anziehungskraft aus, die der Prinz bislang noch nicht erlebt hatte. Ein paar Schritte lief er ihr entgegen, bis sie einander gegenüberstanden und es dem Prinzen die Sprache verschlug.

„Möchtest Du mit mir kommen?", fragte sie, und der Klang ihrer Stimme stand ihrem Aussehen in nichts nach.

Der Prinz fand seine Sprache wieder: „Natürlich will ich mitkommen! Was denkst Du denn?"

Sie zwinkerte ihm zu, drehte sich dann langsam um und lief den Pfad zurück in den Wald hinein. Der Prinz folgte ihr. Immer weiter und weiter liefen sie, bis sie nach einiger Zeit auf eine Lichtung traten, auf der eine kleine Hütte stand.

„Hier wohne ich", verkündete sie.

„Die Hütte sieht ja fast wie ein Hexenhäuschen aus", meinte der Prinz.

„Oh", sagte sie und lächelte. „Das hast Du gut beobachtet. Es ist ein Hexenhäuschen."

Da schnippte sie mit dem Finger und ihre prinzessinnenhafte Erscheinung verschwand. Nun muss man sagen, dass sie auch so recht ansehnlich war, aber wahrlich nicht dergestalt, dass der Prinz ihr nachgelaufen wäre.

„Du bist eine Hexe?“, fragte der Prinz, weil er es einfach nicht glauben wollte.

„Richtig!“, entgegnete sie. „Und: Prinz und Hexe, was fällt Dir dazu ein?“

Der Prinz atmete tief durch: „Nun! Falls Du mich heiraten willst, kann ich Dir gleich sagen: Daraus wird nichts!“

„Na, bilde Dir mal nicht zu viel ein“, schmunzelte die Hexe. „So großartig bist Du nun auch wieder nicht.“

„Und was machen wir dann hier?“, fragte der Prinz.

„Ganz einfach“, antwortete sie. „Ich erfülle meine Aufgabe als Hexe. Das heißt, ich verwünsche Dich und mache Dir das Leben schwer. Das tun wir Hexen doch immer.“

Weiterhin hoffend, sie davon abbringen zu können, verlangte der Prinz eine Erklärung. „Aber warum denn?“

Die Hexe jedoch verdrehte die Augen. „Warum, warum? Ich bin Hexe, kann es gut und habe Freude daran. Mehr Gründe sind nicht nötig.“

Der Prinz schluckte. „Und was muss ich mir so vorstellen unter einer Verwünschung?“, fragte er weiter.

„Wie wäre es mit dem Klassiker?“, grinste die Hexe. „Ich verwandle Dich in einen Frosch, und nur der Kuss einer Prinzessin kann Dich retten.“

„Wenn Dir das Freude macht, dann lass Dich nicht aufhalten“, sagte der Prinz. „Aber Angst machst Du mir damit nicht. Die Prinzessinnen wollen mich sowieso immer alle heiraten, da werde ich schnell eine finden, die Lust hat, mich zu küssen.“

„Ich war ja noch nicht fertig“, gab die Hexe zurück.

Der Prinz erbleichte. „Was denn noch?“

„Zusätzlich hexe Dir eine Angst in den kleinen Froschkörper", erklärte sie. „Ab sofort fürchtest Du Dich wahnsinnig vor Prinzessinnen und vor Küssen."

„Aber sag mal", forderte der Prinz, als er über die Sache nachdachte. „Wie komme ich dann wieder heraus aus der Nummer?"

„Vermutlich gar nicht", antwortete die Hexe und lachte. Ehe der Prinz dazu noch etwas sagen konnte, war sie verschwunden. Gleichzeitig verwandelte er sich in einen Frosch und blieb verdattert auf der kleinen Lichtung zurück.

„Verglichen mit dem hier", jammerte er, „wäre eine Hochzeit nicht schlimm gewesen. Wobei: Dann hätte ich ja Tag und Nacht eine Prinzessin bei mir, die mich vermutlich auch noch küssen möchte. – Gut, dass ich ein Frosch bin, da bleibt mir das erspart."

Man könnte also sagen, dass er sich so einigermaßen in sein Schicksal fügte. Er bemühte sich auch darum, in einem kleinen Tümpel am Rande der Lichtung so etwas wie eine neue Heimat zu finden. So weit, so gut.

Zur gleichen Zeit lebten einige Prinzessinnen, die von dem Prinzen ganz verzückt waren. Aber es gab auch eine, die sich für Prinzen überhaupt nicht interessierte. Wann immer man sie dazu bewegen wollte, zu einem Ball zu gehen oder ihren Blick und ihr Herz auf andere Weise zu öffnen, dann sagte sie: „Prinzen werden überschätzt. Das ist meine Meinung!"

Auch von ihr erwartete man, dass sie heiratete, doch sie wollte sich auf solche Sperenzchen nicht einlassen. Da sie nicht bereit war, ihrerseits auf Prinzensuche zu gehen, hatten ihr Vater und ihre Mutter es sich zur Angewohnheit gemacht, immer mal wieder einen netten jungen Mann zum Tee einzuladen und ihn ihr vorzustellten. Man hoffte, sie könnte sich vielleicht doch verlieben und es sich anders überlegen. Das führte jedoch nicht zum Erfolg:

Zwar verliebten sich die Prinzen reihenweise in sie, doch die Prinzessin wies alle Heiratskandidaten ab. Gebrochene Herzen waren die Folge.

„Wie kann sie nur so gemein sein?“, fragte sich unter Tränen jeder einzelne Prinz, den sie fortgeschickt hatte. Und Hofmeister, Diener und Köche mussten sich alle Mühe geben, die verschmähten Königssöhne mit warmen Worten, Plätzchen und Kakao wieder aufzupäppeln.

Eines Tages aber spazierte ein höflicher junger Mann in das Kaminzimmer, in dem sie sich bevorzugt aufhielt. Der lächelte, deutete eine Verbeugung an und küsste ihr ungefragt die Hand. Dieser Auftritt machte die Prinzessin stutzig, war er doch so viel selbstbewusster, als sie es von Prinzen gewohnt war. Diejenigen, die sie bislang kennengelernt hatte, pflegten in ihrer Nähe ausnahmslos zu erröten und brachten auch keine vollständigen Sätze mehr zustande.

„Habe die Ehre“, sagte dieser junge Mann jedoch ohne spürbare Aufregung und zwinkerte ihr dabei auch noch keck zu.

Die Prinzessin blieb trotz allem unbeeindruckt und wie üblich abweisend: „Du hast die Ehre? Zeig mal! Ich kann sie nicht sehen. Du musst sie wohl zu Hause vergessen haben. Daher mein Vorschlag: Am besten Du gehst gleich dorthin zurück und suchst sie.“

„Ich soll gehen?“, fragte der junge Mann, ohne sich verunsichern zu lassen. „Das mache ich gerne!“

„Wunderbar“, lobte die Prinzessin. „Ich wünschte, alle Männer würden so wenig Gegenwehr zeigen.“

„Ich bin sofort weg“, sagte er, „doch vorher möchte ich um Erlaubnis bitten, eine einzige Frage stellen zu dürfen.“

„Und danach gehst Du?“, vergewisserte sie sich.

„Versprochen“, sagte er.

„Na schön“, meinte die Prinzessin. „Dann schieß mal los!“

Der Mann räusperte sich und schaute ihr tief und die Augen: „Wer bin ich wohl, und warum bin ich hier?“

„Das waren zwei Fragen!“, stellte die Prinzessin fest.

Er verdrehte die Augen. „Sie hängen zusammen!“

„Geschenkt“, sagte sie und fühlte sich überlegen. „Also: Du bist irgendein Prinz oder Graf oder Baron oder so jemand. Und Du möchtest um meine Hand anhalten.“

Der junge Mann grinste breit und schüttelte den Kopf. „Falsch!“

„Ach“, staunte die Prinzessin. „Wer bist Du dann?“

„Ich bin Zauberer“, erklärte er.

„Und Du bist hier, um mir etwas vorzuzaubern und mich zu unterhalten?“

Der Zauberer winkte ab. „Ich fürchte, diese Art Zauberer bin ich nicht.“

So langsam wurde die Prinzessin ungeduldig. „Sondern?“

Da grinste er. „Ich bin eher die Sorte *böser Zauberer*, der den Leuten und insbesondere den Prinzessinnen mit seinen Gemeinheiten das Leben schwer macht.“

„Ich habe den Eindruck“, meinte die Prinzessin, „dass jetzt der unangenehme Teil der Geschichte kommt.“

„Das würde ich so nicht sagen“, entgegnete er. „Fest steht lediglich, dass ich Dich heiraten werde. Und zwar nächste Woche Donnerstag. Deine Eltern habe ich durch eine kleine Zauberei schon davon überzeugt. Und so ähnlich werde ich es bei Dir auch machen.“

„Und wenn ich dagegen bin?“, wandte die Prinzessin ein. „Also: Ich bin dagegen.“

„Als Zauberer", sagte er, „fällt es mir leicht, mit Widerständen umzugehen."

Die Prinzessin jedoch sah nicht ein, sich in dieses Schicksal zu fügen. „Zauberer geben doch auch immer noch eine Chance, oder? So etwas wie: Wenn Du dieses oder jenes Rätsel löst, bist Du frei und siehst mich nie wieder!"

„Oh, ein Spiel", freute sich der Zauberer. „Ich liebe Spiele. Na schön! So etwas können wir machen. Also: Ich gebe Dir drei Tage Zeit, das Geheimnis des Hexenwaldes zu lösen. Wenn es Dir gelingt, musst Du mich nicht heiraten."

Das gefiel der Prinzessin. „Hand drauf", forderte sie, und so folge ein fester Händedruck. Dann machte es *Puff*, und der Zauberer verschwand in einer Rauchwolke.

„Eines muss ich ja mal sagen", sagte die Prinzessin. „Ich liebe Spiele ebenfalls. Also mach ich mich auf den Weg und löse das Geheimnis des Hexenwaldes. Ich hoffe, ich bin schnell genug!"

Zu dumm nur, dass sie gar nicht wusste, welcher der Hexenwald war. Und auch, als sie sich bei den Hofbediensteten danach erkundigte, erntete sie nur Kopfschütteln.

Also kleidete sie sich um, weil sie für das Abenteuer weder ihr Kleid noch ihre Krone benötigte. Im Gewandt einer Jägerin durchschlenderte sie alle Wälder der Umgebung. So verging der erste Tag. Und bald auch der zweite. Erst am Abend des dritten Tages entdeckte sie am Ende eines verschlungenen Pfades eine Lichtung, auf der es nichts außer einer kleinen Hütte gab.

„Das könnte ein Hexenhaus sein", vermutete sie.

Vorsichtig schaute sie sich um und spähte durch die Fenster, ohne eine Menschenseele zu entdecken. Kurz davor, die Hoffnung aufzugeben, sah sie im schwächer werdenden Licht der Abendsonne einen kleinen Tümpel am Rande der Lichtung. Am Ufer saß ein sonderbarer Frosch.

„Bist Du die Hexe?“, fragte die Prinzessin. Sie hatte schon einmal gehört, dass Hexen eine Tiergestalt annehmen konnten.

„Nein“, entgegnete jedoch der Frosch. „Bist Du die Hexe?“

„Also, ich kann Dich beruhigen“, sagte die Prinzessin, „ich bin auch keine Hexe.“

Glücklich darüber, endlich jemanden zum Reden gefunden zu haben, kamen die beiden miteinander ins Gespräch.

„Sonderbar“, meinte der Frosch. „Seit einigen Tagen bin ich nun hier und habe in der ganzen Zeit keine Hexe getroffen. Also, wenn man einmal von derjenigen absieht, die mich verwünscht hat.“

„Du bist verwunschen?“, wunderte sich die Prinzessin.

Der Frosch nickte. „Ja, zum Glück. Eigentlich bin ich nämlich ein Prinz. Aber als Frosch fühle ich mich sicherer, weil ich so den Küssen der Prinzessinnen aus dem Weg gehen kann.“

„Du möchtest also nicht geküsst werden?“, fragte die Prinzessin schmunzelnd.

„Natürlich nicht, nein!“, sagte der Frosch. „Das wäre schrecklich. Küssen ist eklig!“

Die Prinzessin fühlte sich nun, ohne es selbst ganz zu verstehen, herausgefordert.

„Woher weißt Du das?“, forschte sie weiter.

Der Frosch stutzte. „Ich kann es mir vorstellen. Und nun lass uns das Thema wechseln. Wer bist Du denn eigentlich?“

„Ich bin ...“, setzte die Prinzessin an, führte die begonnene Erklärung jedoch nicht zu Ende. „Sag mal: Hast Du Dich schon einmal gefragt, ob es nicht gut ist, genau das auszuprobieren, das Dir solche Angst macht? Ich könnte Dir gerne ein klitzekleines Probeküsschen geben."

„Das ist nicht Dein Ernst", entfuhr es dem Frosch, und er versuchte, schnell in den Tümpel zu flüchten.

Doch die Prinzessin war schneller. Sie hatte so einen Spaß daran, dass sie den Frosch, ehe er sich's versah, einfach packte und ihre Lippen spitzte, um ihm einen kleinen Kuss auf die Stirn zu geben.

„Nein, untersteh Dich!", protestierte der Frosch.

Aber es war zu spät. Ein kaum hörbarer und äußerst vornehmer Prinzessinnenkuss setzte sich auf seine Stirn, und damit waren Prinz und Prinzessin auf einen Schlag erlöst. Sie sahen einander in Augen und waren, wie man so sagt, auf den ersten Blick ineinander verliebt. Die üblichen Verweigerungen der Prinzessin blieben gänzlich aus, und der Prinz war von ihr so begeistert, dass er sich nicht im Traum vorstellen konnte, sich jemals wieder für eine andere zu interessieren. Bei beiden waren sämtliche Hochzeitswiderstände verschwunden, und so kehrten sie in ihre Schlösser zurück und zauberten dort auch ihren Eltern ein Lächeln ins Gesicht.

Und im Hexenhäuschen auf der Waldlichtung, da saßen im Kerzenschein zwei Leute, die sich zum Teetrinken verabredet hatten. Es gab auch frischen Apfelkuchen mit Schlagsahne.

„Da haben wir schon wieder ein glückliches Paar zueinander geführt", sagte die Hexe zum Zauberer und schenkte ihm Tee nach.

„Das wird bestimmt eine schöne Hochzeit", meinte er. „Ich hoffe doch, man lädt uns ein."

„Ja, das hoffe ich auch“, entgegnete die Hexe. „Und wenn nicht, dann gehen wir trotzdem hin. Man wird uns schon nicht wegschicken.“

Der Zauberer nickte und nahm einen Schluck Tee.

„Ich freue mich schon sehr auf die Hochzeitstorte!“

„Oh ja“, sagte die Hexe und ihre Augen glänzten vor Freude.

Und wenn sie nicht gestorben sind, dann denken sie sich heute noch kleine Gemeinheiten aus, die letztlich doch zum großen Glück führen.

Die Hochzeitsnacht

Es waren einmal ein Prinz und eine Prinzessin, die hatten sich gesucht und gefunden. Ein Blick hatte genügt, und sie waren ineinander verliebt gewesen. Schon bald hatten sie es nicht mehr ohneeinander ausgehalten und sich entschlossen zu heiraten.

Ihre Hochzeit war die prächtigste und wundervollste, von der man je gehört hat. Alles war ganz genau so, wie sie es sich gewünscht hatten, und so wurde ihr ohnehin schon großes Glück noch größer.

Und wenn sie nicht gestorben sind, dann leben sie noch heute. Das könnte man jedenfalls denken, doch manchmal fängt das Abenteuer erst nach der Hochzeit an.

Als alle Gäste gegangen waren, verließen Prinz und Prinzessin gut gelaunt den Festsaal.

„So viele großartige Geschenke haben wir bekommen“, schwärmte die Prinzessin.

„Sogar ein eigenes Schloss war dabei“, freute sich der Prinz.

„Es ist das wunderschönste Schloss, das es weit und breit gibt“, meinte die Prinzessin, und der Prinz stimmte ihr durch ein Lächeln und ein Nicken zu.

Noch in der Hochzeitsnacht zog das Brautpaar dort ein. Mit vierundvierzig Kutschen waren bereits die Besitztümer der beiden in das Schloss gebracht worden. Viele Diener und Soldaten hatten beim Tragen und Aufbauen helfen müssen, und als die frisch Vermählten spät nachts das neue Zuhause erreichten, war alles für sie vorbereitet.

„Das ist ja großartig“, bemerkte der Prinz. „All meine Kisten sind schon ausgepackt.“

„Meine auch“, sagte die Prinzessin. „Und mein großes Himmelbett steht in unserem Schlafzimmer.“

„Das ist gut“, meinte der Prinz und gähnte. „Ich bin nämlich ziemlich müde.“

Es war ja auch schon spät, und so machten die beiden nicht viel Worte, sondern zogen sich ihre königlichen Schlafanzüge an und gingen zu Bett. Es war richtig gemütlich und so sanken sie, erschöpft von den angenehmen Anstrengungen des Hochzeitstages mit einem Gefühl von Glückseligkeit in die weichen, flauschigen Kissen.

„Gute Nacht“, sagte der Prinz.

„Oh ja, schlaf schön“, sagte die Prinzessin.

Doch weil er so verliebt war, genügte es dem Prinzen nicht, seiner Prinzessin nur eine gute Nacht zu wünschen.

„Ich habe Dich lieb“, fügte er also hinzu.

„Ich habe Dich auch lieb“, seufzte die Prinzessin schwärmerisch.

„Gute Nacht“, wünschte der Prinz ein zweites Mal.

„Gute Nacht“, sagte die Prinzessin.

Und dann war es erst einmal still. Ganz langsam fielen beiden die Augen zu, doch kurz davor einzuschlafen, meinte der Prinz auf einmal, ein merkwürdiges Rascheln gehört zu haben. Er hob den Kopf und stupste seine Prinzessin vorsichtig an.

„Hast Du das auch gehört?“, fragte er. „Da hat doch gerade etwas geraschelt.“

„Vielleicht war ich das mit der Bettdecke“, sagte die Prinzessin mit schläfriger Stimme.

Doch die Erklärung überzeugte den Prinzen nicht.

„Meinst Du, da ist vielleicht ein Monster unter dem Bett?“, fragte er.

„So ein Quatsch“, meinte die Prinzessin und richtete sich nun ebenfalls auf. „Monster gibt es überhaupt nicht!“

„Ich habe aber Angst“, gestand der Prinz.

„Wollen wir mal nachsehen?“, schlug die Prinzessin vor.

„Lieber nicht!“, meinte der Prinz. „Vielleicht frisst es uns auf!“

„Da ist kein Monster“, sagte die Prinzessin. „Also kann es uns auch nicht fressen!“

„Kannst Du nicht trotzdem nachsehen?“, bat der Prinz. „Ich würde wesentlich besser schlafen, wenn ich ganz sicher wüsste, dass wirklich kein Monster unter dem Bett ist.“

„Na schön“, seufzte die Prinzessin.

Sie schlug die Bettdecke zurück und schlüpfte in ihre Pantoffeln, damit sie keine kalten Füße bekam, denn das gehörte sich nicht in der Hochzeitsnacht. Neben dem Bett kniete sie nieder und schaute genau nach, was sich darunter befand. Doch da war nichts. Nicht einmal Staub. Die Dienerschaft hatte gute Arbeit geleistet.

„Es ist kein Monster hier“, stellte die Prinzessin fest. „Du kannst beruhigt schlafen!“

„Hast Du auch ganz genau nachgesehen?“, meinte der Prinz, sich vergewissern zu müssen.

„Natürlich“, bestätigte die Prinzessin.

Da war der Prinz halbwegs beruhigt.

„Na gut ...“, sagte er, bevor seine immer noch beunruhigte andere Hälfte sich zu Wort meldete: „Aber vielleicht ist ja ein Monster draußen vor der Tür.“

„Na gut, ich schaue nach“, sagte die Prinzessin.

Sie zog ihren Morgenmantel über, damit ihr beim Blick in den Flur nicht kalt wurde, denn das gehörte sich nicht in der Hochzeitsnacht. So öffnete sie die Tür, doch im Flur war nichts außer einem kalten Luftzug, der sie dazu bewegte, sie schnell wieder zu schließen.

„Es ist kein Monster da", stellte sie fest. „Soll ich sonst noch irgendwo schauen?"

„Im Kleiderschrank!", meinte der Prinz. „Schau unbedingt auch noch im Kleiderschrank nach!"

„Also schön", entgegnete die Prinzessin. „Dann schaue ich eben auch noch im Kleiderschrank nach."

So lief sie am Bett vorbei, öffnete die Schranktür und spähte hinein.

„Ähm. Guten Abend", meldete sich eine monströse Stimme.

Schnell schlug die Prinzessin die Schranktür wieder zu, denn da saß tatsächlich ein Monster. Es war so eines mit dunkelgrünem Fell, großen Zähnen und gelben, leuchtenden Augen. Die Prinzessin drückte sich mit aller Kraft gegen die Schranktür, während der Prinz die Bettdecke ein Stück höher vor das Gesicht zog. Im Schrank rumpelte es, und es war klar, dass es dem Monster nicht gefiel, eingesperrt zu sein.

„Mach, dass es weggeht!", jammerte der Prinz. „Mach, dass es weggeht!"

„Wo soll es denn hin?", fragte die Prinzessin. „Es kann doch nicht weg, solange ich es im Schrank einsperre!"

„Trotzdem", sagte der Prinz und war fest entschlossen, in diesem Punkt unnachgiebig zu bleiben. Er war nicht bereit, ein Monster im Schlafzimmer zu dulden, denn das gehörte sich nicht. Vor allem nicht in der Hochzeitsnacht.

„Wir müssen das ganz vernünftig regeln", meinte die Prinzessin.

„Und wie?", fragte der Prinz. Wenn erst einmal ein Monster im Schrank saß, konnte das doch mit Vernunft nicht viel zu tun haben.

„Hör mal, Du Monster im Schrank!", sagte die Prinzessin. „Wenn ich jetzt die Tür öffne, wirst Du uns dann etwas antun?"

Augenblicklich hörte es auf zu rumpeln.

„Natürlich nicht", antworte das Monster. In seiner Stimme schwang so etwas wie Selbstverständlichkeit mit. Doch die konnte den Prinzen nicht beeindrucken.

„Ich traue ihm nicht", sagte er.

„Aber ich", entgegnete die Prinzessin und öffnete die Schranktür.

Der Prinz riss seine Augen zunächst weit auf, um sie dann zum Großteil hinter der Bettdecke in Sicherheit zu bringen. Dennoch sah er, was er nicht sehen wollte, nämlich das Monster, das den Schrank verließ. Entgegen seiner Befürchtungen machte es keine Anstalten, sich feindselig zu verhalten, sondern kratzte sich nachdenklich am Kopf.

„Es tut mir sehr leid, wenn ich störe", sagte es.

Die Bettdecke des Prinzen gab, ohne dass dieser es bemerkte, ein kleines Stück seines Gesichts frei.

„Was machst Du denn in unserem Schrank?", fragte die Prinzessin den nächtlichen Besucher.

„Eigentlich wohne ich auf dem Dachboden", erklärte das Monster. „Aber ich musste fliehen, weil dort ein Gespenst sein Unwesen treibt. Ich hatte solche Angst. Deshalb habe ich mich hier versteckt."

Die Bettdecke des Prinzen rutschte im Bewusstsein der Nähe eines Gespenstes wieder ein Stück höher.

„Also“, meinte aber die Prinzessin. „Wenn wir das Gespenst vom Dachboden vertreiben, haben wir in unserem Schlafzimmer wieder Ruhe?“

„Äh ... Ja, genau“, bestätigte das Monster.

„Mein liebster Prinz“, sagte die Prinzessin. „Du kommst jetzt mit und hilfst mir dabei. Und Du, Monster, kommst ebenfalls mit und hilfst mir!“

„Aber ...“, versuchten Monster und Prinz wie aus einem Munde zu protestieren.

„Keine Widerrede“, unterbrach sie jedoch die Prinzessin.

Da sahen Monster und Prinz einander in die Augen und zuckten mit den Achseln. So erhob sich nun auch der Prinz aus seinem Bett, schlüpfte in seine Pantoffeln und zog sich seinen Morgenmantel über.

Zur Hochzeit hatte das Brautpaar auch eine kleine Holzlaterne bekommen, in der eine Kerze befestigt und zum Leuchten gebracht wurde. Und so lief die Prinzessin, gefolgt von Prinz und Monster, durch die Flure ihres neuen Schlosses.

Bald schon erreichten sie eine Wendeltreppe, die sie nach oben bis zu einer Tür führte. Die Prinzessin öffnete diese, und wie sich das für eine Dachbodentür gehörte, hinter der Monster oder Gespenster zu finden sein konnten, knarrte sie eindrucksvoll. Das schwache Mondlicht fiel durch ein kleines Dachfenster hinein. Alles war voll von Staub und Spinnweben. Ein Monsterzuhause, wie es im Buche steht.

„Alle Gespenster, die sich hier oben aufhalten, sofort herauskommen“, verlangte die Prinzessin.

Der Prinz war beeindruckt vom Mut seiner Frau und nahm sich vor, in Zukunft auch ein wenig mutiger zu werden.

„Äh!? Hallo", machte sich das Gespenst bemerkbar.

Monster und Prinz nahmen einander bei der Hand. Nur zur Sicherheit.

„Dieser Dachboden ist das zu Hause des Monsters", bemerkte die Prinzessin. „Was machst Du hier?"

„Mich verstecken", gab das Gespenst ohne Umschweife zu. „Weil ich doch solche Angst hatte!"

„Du hattest auch Angst?", wunderte sich der Prinz. „Wovor denn?"

„Eigentlich wohne ich im Keller", erzählte das Gespenst. „Aber da gibt es Mäuse!"

Man konnte ihm ansehen, dass allein das Wort Mäuse in ihm Unbehagen auslöste.

„Vor Mäusen muss man aber doch keine Angst haben", behauptete das Monster.

Der Prinz lachte auf: „Das musst Du gerade sagen! Vor Gespenstern muss man nämlich auch keine Angst haben! Jedenfalls nicht vor diesem hier."

„Tja, mein Schatz!", entgegnete zuckersüß die Prinzessin. „Und vor diesem Monster muss man wohl auch keine Angst haben!"

„Trotzdem hat es in unserem Kleiderschrank nichts zu suchen", meinte der Prinz.

Und dann entschloss man sich, gemeinsam den Keller aufzusuchen und sich ein Bild von der Gefährlichkeit der Mäuse zu machen. Man nahm auch eine zweite Laterne mit. Das war ziemlich schlau gedacht, denn sie kannten das Schloss ja noch nicht richtig.

Und man macht sich kein Bild, wie groß so ein Schlosskeller sein kann. Auch dieser hatte viele verschiedene Räume.

„Hallo?“, rief der Prinz. „Sind hier irgendwelche Mäuse anwesend?“

„Was fällt Dir denn ein?“, piepste eine Stimme zurück. „Wir sind doch nicht irgendwelche Mäuse. Wir sind ganz besondere Mäuse.“

Im Licht der beiden Laternen wurde eine kleine Mäuseschar entdeckt, die es sich auf einem ausgemusterten Ohrensessel gemütlich gemacht hatte.

„Dennoch habt ihr hier nichts zu suchen“, sagte die Prinzessin, „denn im Keller wohnt das Gespenst.“

Auf die Antwort der Mäuse mussten sie nicht lange warten. Zuerst plapperten zwar alle durcheinander, doch dann trat eine Maus hervor und sprach für die Gruppe.

„Daran können wir auch nichts ändern“, sagte sie. „Seit Eure Köchin mit ihrem großen Kater hier eingezogen ist, können wir uns oben nicht mehr ohne Gefahr für Leib und Leben blicken lassen!“

Als sie das Wort Kater aussprach, zuckten die anderen Mäuse zusammen, und eine besonders ängstliche fiel sogar in Ohnmacht.

„Es nimmt einfach kein Ende“, jammerte der Prinz.

„Doch“, widersprach die Prinzessin. „Überleg mal: Eigentlich haben wir nur einen Raum zu wenig!“

„Richtig“, stimmte ihr der Prinz zu. „Das Gespenst möchte wieder im Keller wohnen, und das Monster auf dem Dachboden. Also müssen wir einen Raum für die Mäuse finden!“

„Es muss aber ein Raum sein“, ergänzte die Prinzessin, „in dem der Kater keinen Zutritt hat.“

Als sie das Wort Kater aussprach, fiel die gerade wieder erwachte Maus erneut in Ohnmacht.

Man wartete, bis sie sich berappelt hatte, und dann kletterten alle Mäuse in eine kleine Kiste, die vom Monster getragen werden sollte. Das schien die sicherste Möglichkeit zu sein, wenn man bedachte, dass sich Katzen besonders gern des Nachts herumtrieben.

So suchten sie nun nach einem Raum. Der Prinz, die Prinzessin, das Gespenst und das Monster samt einer Kiste voller Mäuse schlichen im Schein zweier Laternen durch das nächtliche Schloss. Doch alle Räume schienen belegt zu sein. Es gab Räume für das Dienstpersonal, eine Bibliothek, ein Kaminzimmer und viele andere. Schließlich öffneten sie die Tür des letzten Raumes, und der stand leer. Doch während sich die Mundwinkel bei Prinzessin, Gespenst und Monster zu einem Lächeln nach oben bewegten, ließ der Prinz den Kopf hängen.

„Hier wollte ich eigentlich meine Spielzeugeisenbahn aufbauen", erklärte er und rang sich dann unter leichtem Schluchzen zu einer anderen Entscheidung durch. „Aber da ich ja nun erwachsen und verheiratet bin, ist das vielleicht nicht mehr nötig."

„Ich denke, Du kannst sie ruhig aufbauen", meinte jedoch die Prinzessin. „So könnten die Mäuse, wenn ihnen langweilig ist, eine Runde fahren."

Nun zeigten ausnahmslos alle Mundwinkel nach oben.

„Na schön", verkündete der Prinz feierlich. „Dann ist dies jetzt offiziell das Mäuse- und Eisenbahnzimmer. Und die Tür schließen wir ab, dann bleibt der Kater draußen!"

„Damit wäre alles geklärt", stellte die Prinzessin fest, „und wir können endlich schlafen."

„Alles klar", riefen die Mäuse. „Dann gute Nacht!"

„Gute Nacht“, erklang die vierstimmige Antwort von Gespenst, Monster, Prinz und Prinzessin.

Das Monster holte noch schnell den alten Ohrensessel aus dem Keller, und nachdem die Mäuse sich in ihrem neuen Zimmer eingerichtet hatten, verschwanden das Gespenst im Keller und das Monster auf dem Dachboden.

Und unser Liebespaar lag bald wieder im gemütlichen Himmelbett mit den weichen, flauschigen Kissen. Der Prinz seufzte erleichtert und lächelte breit vor sich hin.

„Warum lächelst Du denn so?“, fragte die Prinzessin. „Freust Du Dich?“

„Ich hatte recht!“, meinte der Prinz stolz. „Es gibt doch Monster!“

„Zum Glück ist unseres aber völlig ungefährlich“, sagte die Prinzessin.

„Ja, ich habe auch keine so große Angst mehr“, bemerkte der Prinz mit einem Anflug von Stolz.

„Das ist auch gut so“, meinte die Prinzessin und gähnte.

„Ich habe Dich lieb“, sagte der Prinz.

„Ich Dich auch“, sagte die Prinzessin.

„Gute Nacht“, sagte der Prinz.

„Schlaf gut“, sagte die Prinzessin.

Und dann seufzten beide und schlossen ihre Augen, um endlich zu schlafen. Doch das wurde wieder nichts, da von draußen ein lautes Krähen erklang.

„Was war das denn?“, erkundigte sich der Prinz, obgleich er sich die Antwort eigentlich hätte denken können.

„Das war mein Hahn“, erklärte die Prinzessin. „Der weckt mich jeden Morgen um viertel nach sieben.“

„Wie viele Mitbewohner wir doch haben", stöhnte der Prinz, „von denen ich vorher gar nichts wusste!"

„Man lernt eben nie aus", meinte die Prinzessin. „Dann lass uns mal aufstehen! Gleich gibt es Frühstück!"

Prinz und Prinzessin, das sei an dieser Stelle verraten, waren nicht das erste und auch nicht das letzte Paar, das in seiner Hochzeitsnacht keinen Schlaf gefunden hat. Viel wichtiger ist aber natürlich, dass die beiden miteinander sehr glücklich wurden. Und wenn sie nicht gestorben sind, dann sind sie es noch heute.

Der verwunschene Prinz

Es war einmal ein Prinz, der musste sich mit vielerlei Problemen herumschlagen. Zwar musste in dem kleinen Königreich kaum jemand Hunger leiden, aber wenn man genau hinsah, merkte man schnell, dass es hier und da an Geld fehlte. Die Straßen hatten tiefe Schlaglöcher und viele Häuser waren baufällig. Selbst das Königsschloss hatte schon bessere Tage gesehen. Kurzum: Das Reich war in einem schlechten Zustand, und das, während die Nachbarreiche ihren Wohlstand durch protzige Bauwerke zur Schau stellten.

„So geht es nicht weiter!", sagte der Prinz eines Tages zu seinen Ministern. „Man muss etwas tun!"

Und weil sie es genau so sahen wie er, stimmten sie ihm zu und klatschten Beifall. Allein es fehlte noch an Ideen. So überlegte der Prinz tagein, tagaus und kam schließlich zu einem Ergebnis, das er seinen Ministern in der nächsten Sitzung mitteilte.

„Es ist eine Frage der Verhältnisse", eröffnete er seine Rede. „Es gibt Menschen, die sehr viel mehr Geld haben, als sie brauchen. Andere sind arm. Wenn nun die Reichen etwas höhere Steuern zahlen, könnte man mit dem Geld etwas für die Armen tun. Und darüber hinaus könnte man sich um die Instandsetzung von Straßen und Bauwerken kümmern."

„Hört, hört", riefen die Minister und spendeten erneut Beifall. Gemeinsam mit dem Prinzen erarbeiteten sie neue Steuergesetze. Nun war es damals, und so ist es auch noch heute, mit den Steuern eine ziemlich schwierige Sache. Irgendjemanden verärgert man damit immer.

In einer anderen Stadt lebte eine Hexe, die in der Morgenzeitung einen Artikel über die Neuerungen las. Bei einigen Punkten nickte sie zustimmend, denn sie fand auch, dass einige Reiche im Grunde viel zu reich waren. Doch dann wurde sie stutzig.

„Eine Hexensteuer?", schimpfte sie. „Wer hat sich denn so etwas ausgedacht? Nur weil ich der Zauberei mächtig bin, heißt das doch nicht, dass ich Reichtum genieße. Auch für Hexen sind Steuern kein Vergnügen. Das muss doch mal gesagt werden!"

Sie warf die Zeitung in die Ecke und versuchte, sich zu beruhigen, was ihr jedoch nicht gelang. Vor Wut ging sie in ihrer kleinen Hexenküche auf und ab und stampfte dabei mit den Füßen auf, dass die Gläser und Tassen in den Schränken nur so klirrten. Je mehr die Hexe nachdachte, desto mehr ärgerte sie sich, und schließlich traf sie eine Entscheidung.

„Das Steuergesetz ist in dieser Form nicht hinnehmbar", sagte sie zu sich selbst. „Ich werde mit dem Prinzen reden. Zunächst freundlich, und wenn das nichts bringt, dann werden wir sehen."

Am nächsten Tag machte sie sich auf den Weg in die Hauptstadt. In der Nähe des Schlosses warte sie auf einen günstigen Moment. Als dann der Prinz den Thronsaal lüftete, flog sie auf ihrem Besen zum geöffneten Fenster hinein.

Der Prinz zuckte erschrocken zusammen.

„Da muss ich erst einmal durchatmen. Wer bist Du denn? Und warum kommst Du hier so unvermittelt zum Fenster hereingeflogen?"

„Herr Prinz", entgegnete die Hexe. „Wie freundlich, dass Sie mich empfangen. Nun, ich bin Hexe von Beruf und komme, um mit Ihnen die Steuergesetze zu besprechen."

„Ja?", wunderte sich der Prinz. „Was gibt es denn da zu besprechen, frage ich mich."

„Eine Hexensteuer?“, meinte die Hexe. „Was für eine dumme Idee! Als ob unsereins in Geld schwimmen würde.“

„Das sagt ja keiner“, versetzte der Prinz. „Aber Zauberkunst bringt geldwerte Vorteile. Was andere Leute Geld kostet, zum Beispiel Essen kaufen oder Haus reparieren, macht Ihr mit einem Fingerschnippen.“

So langsam fiel es der Hexe schwer, ihre Wut weiter zu verbergen.

„Das hat sich unsereiner schwer verdient.“

„Nun ja, ich will nicht streiten“, versicherte der Prinz. „Aber das Gesetz bleibt vorerst bestehen. Bis es allen besser geht. Dann wird man neu darüber reden können.“

„Herr Prinz! Auch eine Hexe lässt sich nicht alles bieten“, schimpfte die Hexe in einer mittlerweile unangenehmen Lautstärke. „Zur Strafe, und auch weil es mir gefällt, verwandle ich Dich in einen räudigen Straßenköter. Hexensteuer? Dass ich nicht lache.“

Mit einem Fingerschnippen erledigte sie, was sie angekündigt hatte: Sie verwandelte den Prinzen in einen Hund, der, um es vorsichtig zu formulieren, wenig Niedliches an sich hatte. Die neuen Steuergesetze waren mit einem zweiten Fingerschnippen zurückverändert, und dann flog die Hexe zum offenen Fenster hinaus. Da stand nun der Prinz einsam und allein im Thronsaal. Auf vier Beinen.

„Oje!“, dachte er. „Was nun? Als Hund bin ich doch wohl kaum ein ernstzunehmendes Staatsoberhaupt!“

Es musste doch möglich sein, ihm zu helfen. Denn wenn man verwandelt werden konnte, dann konnte man ganz sicher auch zurückverwandelt werden. So rief er laut um Hilfe und hoffte, dass wer auch immer zu ihm käme, alle nötigen Schritte für ihn veranlassen würde. Doch der Prinz merkte selbst, dass er gar nicht imstande war, menschliche Äußerungen von sich zu geben. Die von ihm erzeugten Laute waren Bellen und Kläffen und in dieser Form nicht als Hilferufe zu erkennen.

Als ein Diener hereinkam, um dem Prinzen eine Tasse Tee zu servieren, bekam er einen Schreck und hätte beinahe das Tablett fallen lassen.

„Mon dieu!“, sagte er, weil es damals als vornehm galt, wenn man Französisch sprach. „Wachen? Hier ist ein scheußlicher Hund im Thronsaal. Ich bitte, ihn davon zu jagen. Gut, dass der Prinz nicht hier ist, der mag so etwas nicht!“

Der Prinz versuchte wieder, sich verständlich zu machen, doch auch diesmal kam er nicht über ein Bellen hinaus.

„Oje“, dachte er. „So ein schönes Prinzenleben hatte ich. Nun ist es vorbei.“

Im nächsten Moment drangen die Wachen in den Thronsaal. Sie machten sich einen Spaß daraus, den Hund zu jagen. Dabei versuchten sie, ihm möglichst nicht zu nahe zu kommen. Dem Prinzen war seinerseits angst und bange. Wer konnte schon sagen, was ihm blühte, wenn man ihn zu fassen bekam? So nutzte er eine Lücke, die sich zwischen den Wachen auftat, schlüpfte durch die halb geöffnete Tür aus dem Thronsaal und lief durch die langen Flure und schließlich zum offenen Tor hinaus.

Wehmütig schaute er von der Straße aus zum Schloss hinüber, bis er sich schließlich auf den Weg machte.

„Langfristig muss ich einen Weg zurück in meine Prinzengestalt finden“, dachte er. „Aber kurzfristig muss ich mich um einen Ort zum Schlafen und um etwas Essbares kümmern.“

Auf der Straße stellte der Prinz fest, dass es ein Hund auch nicht leicht hatte, besonders dann nicht, wenn ihm jede

Niedlichkeit fehlte. Man wich ihm aus, wechselte die Straßenseite und schaute ihn missmutig an. Unsicher und ziellos tapste er durch die Straßen und hielt schließlich vor dem Laden eines Metzgers inne. Schon oft hatte er gesehen, wie freundliche Leute Hunden eine Kleinigkeit zu fressen gaben. So setzte er sich artig vor das Fenster und versuchte, einen besonders mitleiderregenden Blick aufzusetzen.

„Nur ein kleines Würstchen, wenn ich bitten darf", dachte er.

Doch der Metzger stürmte aus seinem Laden und trat nach ihm.

„Sieh zu, dass Du weiter kommst!", brüllte er. „So ein hässlicher Hund wie Du ruiniert mir nur meine Geschäfte."

Also lief der Prinz weiter, und mit jedem Schritt schwand seine Hoffnung. Es schien ihm zunehmend unmöglich, eine kleine Hilfe zu bekommen oder gar jemanden zu finden, der ihn zurückverwandeln konnte.

„Dann suche ich mir nun ein Örtchen zum Sterben", dachte der Prinz.

Ganz so schlimm kam es zum Glück nicht, denn eine alte Frau hatte Mitleid und stellte ihm einen Napf mit Fleischresten hin. Er schnupperte daran.

„Als Prinz war ich anderes gewohnt", dachte er. „Aber ich darf da wohl nicht wählerisch sein."

Er fraß sich satt und lief danach ziellos durch die Stadt. Die Nacht verbrachte er schließlich in einem alten Schuppen, in dem ein Straßenfeger seine Besen aufbewahrte. Und am nächsten Tag wachte er mit dem alten Problem auf.

„Schon wieder Hunger", dachte er.

So machte er sich erneut auf die Suche nach etwas Essbarem oder einem gütigen Menschen, der ihm etwas gab. Und jede

Mahlzeit, die ihm unterkam, quälte ihn. Zum einen, weil er das meiste als kaum essbar empfand, und zum anderen, weil er wusste, dass er bald wieder hungrig sein würde.

Es vergingen einige Tage, und der Prinz gewöhnte sich nur langsam an sein Hundeleben. Häufig verspottete man ihn. Manchmal versuchte man nach ihm zu treten oder warf mit Steinen nach ihm. Nur selten begegnete man ihm mit Güte.

Eines Tages dann kam ein Jahrmarkt in die Stadt. Der Prinz sah die Wagen bei ihrer Einfahrt und schaute aus der Ferne zu, wie alles aufgebaut wurde. Es gab Fahrgeschäfte, einige Tiere, die Kunststücke vorführten, und einen Zauberkünstler.

„Das ist meine Chance", dachte der Prinz. „Der Jahrmarktzauberer ist doch auch ein Zauberer. Vielleicht sieht er mir an, dass ich eigentlich jemand anderes bin, und verwandelt mich zurück."

Als die ersten Besucher kamen, folgte er ihnen und lief über den Jahrmarkt. Vorsichtig versuchte er, dem Zauberer näher zu kommen. Der war ein großer Mann mit schwarzem Umhang und Zylinder. Nach einigen Versuchen gelang es dem Prinzen, seinen Blick auf sich zu ziehen.

„Hallo! Guten Tag!", dachte er, während er nicht mehr als ein Winseln erklingen ließ. „Schau mich doch einmal an."

Der Zauberer schaute ihn an, doch er rümpfte dabei die Nase. „Was für ein hässlicher Hund!"

Dann drehte er sich um und ging. Der Prinz aber gab nicht auf und lief ihm immer wieder nach.

„Geh schon weg", schimpfte der Zauberer. „Ich habe nichts für Dich."

„Schau mich doch wenigsten einmal etwas genauer an", dachte der Prinz.

„Wenn ich Du wäre“, meinte jedoch der Zauberer, „dann würde ich nicht dem Zauberer nachlaufen, sondern dort drüben bei der Fressbude Männchen machen. Manchmal gibt’s dafür ein Würstchen!“

Am Abend schließlich gab es die erste Zaubervorführung. Neugierig drängten sich die Leute an eine kleine von Fackeln und Laternen beleuchtete Bühne heran.

„Treten sie näher, meine Damen und Herren“, begann der Zauberer. „Ich werde nun das Unmögliche für Sie möglich machen und Ihnen zeigen, was Sie bislang nicht zu glauben wagten.“

Unter dem Beifall des Publikums verbog er Löffel allein durch seinen Blick und holte ein Kaninchen aus seinem vorher leeren Zylinder, um es schließlich einer jungen Dame schenken.

„Bitte sehr“, sagte er und zwinkerte ihr zu. „Bitte füttern Sie es gut. Kleine Mohrrüben liebt es besonders.“

„Oh, danke“, entgegnete die Dame und kicherte.

Und der Prinz beneidete das Kaninchen um sein Aussehen. Wenn man schon ein Tier war, dann musste man zumindest niedlich sein.

Nach einigen weiteren Zaubertricks kam der Zauberer zum Ende seiner Vorstellung.

„Am Ende präsentiere ich immer etwas ganz Besonderes“, versprach er. „Und heute ...“

Sein Blick wanderte durch die Reihen, und er machte den Eindruck, als ob er selbst noch nicht wusste, was als Nächstes kommen sollte. Schließlich bemerkte er, dass auch der Hund wieder da war.

„Komm her, Hund!“, rief er. „Deine große Stunde ist gekommen.“

„Er meint mich“, dachte der Prinz und folgte der Anweisung des Zauberers aufgeregt. Man machte ihm Platz, und durch die Menschenmenge hindurch bahnte er sich den Weg zur Bühne, die er über eine kleine Seitentreppe betrat.

„Unglaublich“, rief der Zauberer. „Er hört, wenn man *Komm her* sagt. *Geh weg* versuche ich seit Stunden. Das klappt leider überhaupt nicht.“

Seine Bemerkung wurde vom Publikum durch ein lautes Lachen belohnt.

„Manchmal, meine Damen und Herren“, sagte er nun, „steckt ein Lebewesen in einem falschen Körper. Dieser Hund zum Beispiel fühlt sich vom Jahrmarkt geradezu angezogen. Aber was kann er schon tun? Ich errate sein eigentliches Schicksal. Er ist ein ... Tanzbär!“

Der Zauberer schwenkte einen kleinen Zauberstab. Es funkelte und blitzte, und aus dem hässlichen Hund wurde ein eleganter Tanzbär.

„Oje“, dachte der Prinz. „Das ist keine Verbesserung.“

„Na los, Tanzbär“, forderte der Zauberer. „Zeig uns, was Du kannst.“

Er griff in eine Kiste und brachte ein kleines Akkordeon zum Vorschein, auf dem er für den Bären zum Tanz aufspielte. Da der Prinz viele Tanzstunden gehabt und Bälle veranstaltet hatte, fiel ihm das Tanzen nicht schwer. Ob Walzer, Tango oder Polka, der Prinz meisterte die Tänze mit Bravour.

„Ja, wer sagt's denn?“, rief der Zauberer. „Einen so talentierten Tanzbären wie Dich habe ich noch nie gesehen. Und das, obwohl ich Talent in meinem Zauber nicht einmal berücksichtigt hatte.“

„Mir bleibt auch nichts erspart“, dachte der Prinz.

Auch in den folgenden Tagen waren die Vorstellungen mit dem Tanzbären ein großer Erfolg beim Publikum. Schließlich wurde er fester Bestandteil der Zauberschau. Ein Künstler gestaltete sogar ein Plakat, auf dem Tanzbär und Zauberer zu sehen waren. So hatte der Prinz nun seinen festen Platz beim Jahrmarkt und erhielt einen Käfigwagen und genügend Futter, ohne darum betteln zu müssen. Es war schon besser als das Hundeleben, aber dennoch konnte der Prinz damit natürlich nicht zufrieden sein.

„Ich fühle mich von meinem Zuhause noch weiter entfernt als in Hundegestalt“, dachte er und schluchzte sich jede Nacht in den Schlaf.

Über viele Wochen ging es so, und der Jahrmarkt reiste von Stadt zu Stadt. Der Tanzbär wurde berühmt und zog viele Zuschauer an.

„Als Prinz gescheitert“, dachte er, „mache ich nun als Tanzbär Karriere.“

Eines Tages war eine Frau unter den Zuschauern, die ihren Blick nicht vom Zauberer abwendete. Sie lächelte ihn an und zwinkerte ihm zu. Nach der Vorstellung kamen die beiden ins Gespräch.

„Guten Tag, Herr Zauberer“, sagte sie.

„Oh! Küss die Hand“, antwortete er.

Und dann gingen die beiden zusammen weg. Sie fuhren Karussell, aßen gebrannte Mandeln und lächelten einander an. All das bekam der Prinz aus der Ferne mit, bis sie schließlich wieder in seiner Nähe auftauchten.

„Weißt Du?“, sagte die Frau zum Zauberer. „Ich bin eine Fee und denke doch, dass wir magischen Leute etwas Besonderes sind.“

„Zweifelsohne“, stimmte der Zauberer zu. „Das sehe ich ganz genau so!“

„Bist Du denn schon verheiratet?“, fragte die Fee.

„Durchaus“, sagte er ohne Umschweife. „Und bitte sage es nicht weiter. Ich bin sogar mit zwei unterschiedlichen Frauen verheiratet. Allerdings sind beide ohne magische Begabung.“

„Ach so“, entgegnete die Fee. „Gute Nacht dann und bis morgen.“

Sie wandte sich um und ging. Und der Prinz glaubte zu spüren, dass die Fee den Zauberer lange nicht mehr so nett fand, wie es zu Beginn den Anschein gehabt hatte.

Am nächsten Abend stand die große Abschlussvorstellung auf dem Programm.

„Kommt näher Leute!“, rief der Zauberer. „Die Pforte der Magie wird nun geöffnet.“

„Wie recht Du doch hast“, zischte die im Publikum verborgene Fee.

Anders als der Zauberer hatte der Prinz sie längst entdeckt. Und er sah, dass sie den Zauberer fest ansah und mit ihren Händen geschmeidige Bewegungen vollführte. Auf einmal waren Zauberstab und Kostüm verschwunden, und der Zauberer stand in Unterwäsche da, was das Publikum nach einem kurzen Moment der Verwirrung zum Lachen brachte.

„Ein Alptraum“, meinte der Zauberer.

Doch damit nicht genug, denn der Prinz spürte, dass der Blick der Fee nun auf ihm haftete. Wieder folgten geschmeidige Handbewegungen und aus der großen Attraktion, dem mittlerweile berühmten Tanzbären des Zauberers, wurde eine Ratte. Das Publikum schrie auf.

„Nein, nein, nein“, dachte der Prinz, als er begriff, was geschehen war.

„Eine Ratte!“, riefen einige Zuschauer, und die Menge strömte auseinander.

„So denn“, sagte die Fee. „Adieu!“

Als Ratte ist man auf einem Jahrmarkt nicht gerne gesehen. Und so dauerte es nicht lange, bis einige Schausteller herbeigeeilt kamen und versuchten, den Prinzen mit ihren Besen totzuschlagen. Doch als Ratte war er klein und wendig, sodass ihm ohne große Mühe die Flucht gelang.

„Hund, Tanzbär, Ratte“, dachte der Prinz. „Und das alles nur wegen einer Hexensteuer. Ich habe das nicht verdient.“

Er tippelte durch die Straßen, stets bemüht sich im Schatten zu bewegen oder auf andere Weise verborgen zu bleiben. Was die Menschen anging, gelang ihm das meist recht gut doch Hunde und Katzen jagten ihm nach, und die Menschen, die ihn doch bemerkten, schrien auf.

„Ich bin der Prinz“, dachte er. „So hört mich doch!“

Der Hunger trieb ihn wieder an, und das, was andere Ratten fraßen, wollte er um keinen Preis der Welt zu sich nehmen. Selten gab es etwas, das seinen Ansprüchen genügt hätte. Einmal fand er einen von einem Baum gefallenen Apfel, der in einem guten Zustand war, und ein anderes Mal las er im Hinterhof einer Bäckerei ein paar Brotkrumen auf.

„Falls ich jemals zurückverwandelt werde“, fragte sich der Prinz eines Tages, „muss ich dann wohl aus dem Rattenkörper zunächst zurück in den eines Tanzbären und eines Hund, ehe ich wieder Prinz werden kann?“

Eines Tages war er auf der Suche nach etwas Essbaren wenig erfolgreich. Der Hunger machte sich durch ein starkes Stechen im

Bauch bemerkbar. Nach wie vor in Rattengestalt tapste der Prinz durch Gärten und Hinterhöfe, doch es war wie verhext. Nirgends fand er etwas.

„Zumindest ein Stückchen Käse“, dachte er. „Wie man das in Bilderbüchern manchmal sieht!“

Und tatsächlich fand er schließlich im Garten eines kleinen Hauses am Stadtrand ein Stückchen Käse. Doch als er hineinbiss, rumste es auf einmal hinter ihm.

„Da hat die Falle zugeschnappt“, jubelte eine Frauenstimme.

Der Prinz sah sich um: „Nanu. Die kenne ich doch. Das ist die Hexe!“

„So, Du kleine Ratte“, zischte die Hexe. „Dein großes Stündlein hat geschlagen. Weißt Du: Den Prinzen bin ich losgeworden. Das hatte vor allem steuerliche Gründe. Aber nun sucht man nach ihm und verdächtigt die magischen Leute. Soldaten laufen durch die Städte. Ein Prinz verschwindet nicht, meinen sie. Deshalb kommt nun mein zweiter Streich.“

„Oh nein“, dachte der Prinz. „Was hat sie denn nun vor?“

„Ich verwandle eine einfache Wanderratte, also Dich, in den Prinzen“, erklärte sie. „Die Soldaten werden abziehen. Niemand wird mich mehr mit Fragen belästigen, und allein der Gedanke, dass eine Ratte auf dem Thron sitzt, amüsiert mich köstlich.“

Das Herz des Prinzen wollte vor Freude Luftsprünge machen, doch er gab sich Mühe, sich nichts anmerken zu lassen. Die Hexe nahm mit einem schnellen Griff die Ratte aus der Falle und schnippte mit dem Finger. Ein unangenehmes Zucken durchfuhr den Prinzen, und kaum war es abgeklungen, spürte er auch schon, dass es endlich sein menschlicher Körper war, in dem er nun steckte.

„Haha“, lachte die Hexe auf. „Die Ähnlichkeit ist verblüffend.“

„G-g-guten Tag“, stammelte der Prinz.

Die Hexe winkte ab: „Das mit dem Sprechen wird sich fügen. Und nun: Husch, husch! Ab auf den Thron.“

Manchmal sind die Zufälle des Lebens eben außerordentlich sonderbar. Der Prinz wurde durch ein weiteres Fingerschnippen zurück in die Hauptstadt und in das Schloss befördert, wo er von seinem Personal und den Ministern stürmischer begrüßt wurde, als es die Vorschriften eigentlich erlaubt hätten. Er genoss die Speisen, die man für ihn zubereitete, wie er noch nie etwas genossen hatte. Und als er abends in sein Bett fiel und den Duft der frisch gewaschenen Bettdecke in sich aufsog, da fühlte er sich so glücklich wie noch nie zuvor. Es war eine angenehme Aufregung, die ihn zunächst am Einschlafen hinderte. Und diese Aufregung zeigte sich in vielen früher gewöhnlichen Abläufen seines Alltags. Jedes Frühstück, jede freundliche Begrüßung und jede Form der Bequemlichkeit machten ihn aufs Neue glücklich.

Einige Tage später saß die Hexe in der Küche ihres kleinen Hauses am Stadtrand beim Frühstück und blätterte in der Morgenzeitung. Zu ihrem Leidwesen entdeckte sie einen Artikel, der sich mit der Steuergesetzgebung befasste.

„Was?“, stieß sie erzürnt aus. „Es wird wieder eine Hexensteuer eingeführt? Den habe ich dann wohl zu gut gezaubert! Na warte!“

Als sie an diesem Tag mit ihrem Besen in den Thronsaal flog, war ihr Erstaunen groß, dass nicht der Prinz sie dort erwartete, sondern ein Komitee, das zu ihrer Verhaftung bestellt war. Einige Soldaten überwältigten sie, und ein dem Königshause nahestehender Zauberer kümmerte sich um ihre Entzauberung.

„Das ist ja wohl die Höhe“, schimpfte die Hexe.

Nach ein paar Wochen hatte der Prinz sich wieder eingelebt, und es war beinahe wie früher. Dennoch merkte man ihm an, dass sich eine gewisse Nachdenklichkeit und Besonnenheit seiner bemächtig hatte. So gab er sich mit der Steuergesetzgebung nicht zufrieden.

„Der nächste Schritt steht an", sagte er eines Tages zu den Ministern. „Wir müssen dringend etwas für das Wohl der Tiere tun!"

Die Minister hörten sich an, was er zu sagen hatte, und wenn sie auch nicht nachfühlen konnten, was den Prinzen bewegte, so waren sie doch von der Eindringlichkeit seiner Worte beeindruckt und halfen ihm weiterhin, seine Ideen umzusetzen. Für viele wurde der Prinz trotz seiner jungen Jahre zu einem Inbegriff der Weisheit. Und wenn er nicht gestorben ist, dann lebt er wohl noch heute.

Die Meerjungfrau im Trockenen

Vor langer Zeit lebte einmal ein junger Graf, der ging gemeinsam mit seinem Kammerdiener auf Wanderschaft. Zwar hatte er ein sehr schönes Schloss, doch so wohl er sich auch darin fühlte, er verspürte doch auch eine große Sehnsucht, etwas von der Welt zu sehen und sich – wenn möglich – beweisen zu können. Sein Kammerdiener konnte zaubern, was durchaus von großem Nutzen sein konnte. Insofern war er die beste Reisebegleitung, die man sich wünschen konnte. Allerdings war er ein Kammerdiener alter Schule und bemühte sich, möglichst im Hintergrund zu bleiben, es sei denn, seine Dienste wurden benötigt. So war er leider nicht allzu gesprächig, und seine magischen Fähigkeiten nutzte er nur äußerst ungern.

„Die Zauberei ist anstrengend", erklärte er dem Grafen. „Man sollte dies nicht unterschätzen. Und das meiste, was andere zaubern, kann man auch durch Fleiß oder Geschick erreichen."

„Ich habe Dich ja auch als Kammerdiener eingestellt", meinte der Graf, „und nicht als Zauberer."

„Da wir im Moment auf Wanderschaft sind", entgegnete der Kammerdiener, „diene ich Euch ja nun im Freien, also außerhalb jeder Kammer. Daher ist es nicht mehr passend, mich Euren Kammerdiener zu nennen."

„Schon gut", sagte der Graf mit einem Lächeln, „dann nenne ich Dich einfach Wanderdiener. Wie wäre das?"

Der Diener jedoch fühlte sich nicht ernstgenommen: „Ihr beliebt, mit mir zu scherzen, Herr Graf. Aber gut, mit der Bezeichnung Wanderdiener kann ich leben. Fürs Erste."

Sie wanderten durch grüne Wälder und über weite Felder, bis sie in ein Land kamen, in dem alles grau war. Da gab es Felsen, große Steine, mittelgroße Steine und kleine Steine. Und es gab Steinstaub.

„Nicht unbedingt der passende Ort für eine Reise", meinte der Kammerdiener, „wenn ich mir die Bemerkung erlauben darf."

„Na ja, wir durchqueren dieses Land ja nur", versuchte der Graf ihn zu beruhigen. „Kein Grund zur Sorge also."

Einige Zeit später kamen sie zu einem Käfig, der am Wegesrand an einem Pfahl aufgehängt war. Darin gefangen saß eine Meerjungfrau.

„Helft mir!", rief diese ihnen entgegen. „Bitte befreit mich."

Der Graf nahm zur Begrüßung den Hut ab und verbeugte sich leicht, denn auch in schwierigen Situationen wie dieser wollte er doch stets die Form wahren.

„Wie kommt denn eine so schöne Meerjungfrau in einen so hässlichen Käfig?", fragte er sie.

„Ich wurde eingesperrt!", entgegnete die Gefangene.

„Na, das erklärt einiges!", sagte der Graf, obgleich er sich eine etwas ausführlichere Antwort gewünscht hatte.

„Von wem denn, wenn ich mir die Frage erlauben darf?", fragte der Kammerdiener.

„Vom König dieses Landes. Der hat mich mit einem Fangnetz gefangen! Aber ich kann nicht an Land bleiben. Ich muss dringend zurück ins Meer."

Da fühlte sich der edle Graf augenblicklich in seinem Heldenmut angesprochen.

„Kein Problem", sagte er, „wir helfen Dir."

Die Meerjungfrau aus ihrem Käfig zu befreien, war für die beiden ein Leichtes. Der Kammerdiener machte Räuberleiter, und der

Graf kletterte hoch, öffnete die Schließvorrichtung, und gemeinsam hoben sie die Gefangene heraus. Doch als die Meerjungfrau auf den grauen Steinen saß, zeigte sich, dass dies nur ein kleiner Teil der Rettung gewesen war, denn sie zum Meer zu bringen, das war eine Aufgabe, die sich nicht so einfach lösen ließ.

„Mir scheint", bemerkte der Graf, „hier ist Zauberei vonnöten!"

„Das geht nicht!", protestierte der Diener. „Erstens zaubere ich ungern, und zweitens weiß ich nicht genau, wo das Meer ist. Auch beim Zaubern muss man die Richtung kennen."

„Aber ich kann hier nicht auf dem Trockenen bleiben", rief die Meerjungfrau den Tränen nahe. „Das wäre mein Tod."

„Siehst Du?", bemerkte der Graf. „Es ist ein Notfall!"

Da krempelte der Diener die Ärmel hoch, schloss die Augen, murmelte einen geheimen Zauberspruch und auf einmal stand da eine Badewanne, gefüllt mit feinstem Meerwasser. Graf und Diener halfen der Meerjungfrau hinein, und so war sie von Wasser umgeben und fürs Erste außer Gefahr. Mit ihrer Schwanzflosse machte sie ein paar Wellen und spritzte sich selbst Wasser ins Gesicht. Man konnte schon sehen, dass es ihr nun deutlich besser ging. Der Graf jedoch war noch nicht zufrieden.

„Großartig darin herumschwimmen kann sie wohl kaum."

„Ihr wisst doch, dass ich nur kleine Sachen zaubern kann", erklärte der Diener. „Und so hat sie zumindest schon einmal Wasser."

„Ja, danke!", sagte die Meerjungfrau erleichtert. „Das ist wirklich eine erste Hilfe."

„Verwandele doch die Badewanne in eine Badesänfte", schlug der Graf vor. „Also quasi eine tragbare Badewanne."

„Ich habe doch gerade erst gezaubert", bemerkte der Diener.

„Es tut mir leid, liebe Meerjungfrau“, erklärte der Graf. „Aber er zaubert nicht gerne.“

Dabei sah er seinen Diener böse an, sodass der seinen Blick senkte und sich schlecht fühlte.

„Ich bin eben Diener und kein Zauberer“, entschuldigte er sich leise.

„Man kann doch auch beides sein“, meinte die Meerjungfrau und zwinkerte ihm zu.

„Aber nur ausnahmsweise“, antwortete der Diener schnell und versuchte, nicht rot zu werden. So krempelte er wieder die Ärmel hoch, schloss noch einmal die Augen und murmelte einen zweiten geheimen Zauberspruch. So wurde aus der normalen Badewanne eine tragbare Badewannensänfte. Der Graf nickte anerkennend.

„So, dann fass mal mit an“, sagte er. „Zu zweit müssten wir es ganz leicht schaffen.“

„Ich gebe mein Bestes“, versprach der Diener.

So trat nun der Graf an das vordere Ende der Badewanne und der Diener an das hintere. Beide umfassten die Tragestangen und versuchten, mit all ihrer Kraft die Wanne anzuheben, um sie bis ans Meer zu tragen, ganz gleich, wie weit der Weg auch war. Doch die Badewanne war auch mit noch so viel Kraftanstrengung keinen Deut zu bewegen.

„Es geht nicht“, stellte der Graf fest.

„Badewanne plus Wasser plus Meerjungfrau gleich viel zu schwer!“, erklärte der Diener.

„Rechnen kann er gut, mein Kammerdiener“, bemerkte der Graf stolz.

Der jedoch protestierte: „Wanderdiener!“

„Ach ja“, bestätigte der Graf.

„Und wie soll es nun weitergehen?“, fragte die Meerjungfrau.

„Es hilft nichts“, meinte der Graf. „Es muss noch einmal gezaubert werden.“

Da krempelte der Diener abermals die Ärmel hoch, schloss schon wieder die Augen und murmelte noch einen geheimen Zauberspruch. Und auf einmal verschwanden die Tragestangen, und stattdessen wuchsen der Badewanne Beine und Füße, und sie setzte sich von selbst in Bewegung.

„Ab jetzt wird aber nicht mehr gezaubert!“, verkündete der Diener. Er war der Zauberei überdrüssig, aber insgeheim doch auch so stolz, dass er sich ein Lächeln nicht verkneifen konnte.

„Aber wir wollen die Meerjungfrau in ihrer Badewanne auf dem Weg zum Meer begleiten“, entschied der Graf.

„Vielen Dank“, sagte die Meerjungfrau. „Ihr seid gute Retter und obendrein echte Kavaliere.“

„Das versteht sich von selbst“, entgegnete der Graf, und diesmal war er es, der stolz lächelte.

So folgten die beiden Wanderer der Meerjungfrau in ihrer wandelnden Badewanne. Sie liefen weiter durch die graue, steinige Landschaft und kamen nicht besonders gut voran. Auch musste die Badewanne langsam gehen, damit nicht zu viel Wasser herausschwappte. In der Abenddämmerung stellte sich ihnen zu allem Überfluss auch noch ein schwer bewaffneter Ritter in den Weg.

„Ihr habt kein Recht, hier herumzulaufen“, knurrte er streng. „Ihr seid verhaftet. Folgt mir, ich bringe Euch zum König.“

„Und wenn wir’s nicht tun?“, fragte der Diener.

„Dann wende ich Gewalt an“, knurrte der Ritter.

„Wir folgen ihm lieber“, meinte die Meerjungfrau in der Hoffnung auf eine friedliche Lösung des Problems.

So folgten sie dem Ritter zum Königsschloss, das ebenso grau und trostlos war wie das ganze Land. Der Eingang wurde von zwei weiteren Rittern bewacht. Bald standen sie in einem düsteren, staubigen Thronsaal.

„Wartet hier“, sagte der Ritter. „Der König kommt gleich!“

Und damit ließ er seine Gefangenen allein zurück. Er entfernte sich durch eine Seitentür aus dem Thronsaal. Dahinter hörte man dann ein Scheppern und Rumpeln, und kurze Zeit später trat der König ein.

„Erklärt Euch“, befahl er und hob vornehm seine Nase.

„Da gibt's nichts zu erklären“, schimpfte der Graf, kurz davor, seine guten Manieren zu vergessen. „Wir sind Wanderer auf dem Weg zum Meer.“

„Wer durch mein Reich wandert“, sprach der König, „wird mein Untertan.“

„Wer sagt das denn?“, fragte der Diener entrüstet.

„Ich sage das!“, entgegnete der König. „Und wer sich weigert“, sagte er noch, „wird dazu gezwungen und lebt fürs Erste in einem Käfig.“

„Wir weigern uns!“, erklärte der Graf feierlich. Der Diener pflichtete ihm durch ein deutliches Nicken bei.

„Aber das Leben in einem Käfig kommt auch nicht infrage“, bemerkte die Meerjungfrau.

„Das werden wir sehen“, sagte der König. „Der Ritter von eben wird bald kommen und Euch in Eure Käfige sperren. Wartet hier!“

Der König entfernte sich durch die Seitentür aus dem Thronsaal, man hörte ein Rumpeln und Scheppern, und kurze Zeit später trat der Ritter wieder ein.

„Der König sagt, ich soll Euch einsperren“, knurrte er streng. „Wenn Ihr mir bitte folgen würdet.“

„Das geht nicht“, winkte der Graf ab. „Der König soll noch mal kommen. Wir haben etwas mit ihm zu besprechen.“

„Der König hat sich längst schlafen gelegt“, sagte der Ritter schnell. „Besprecht also mit mir, was zu besprechen ist.“

„Die Meerjungfrau stirbt, wenn sie im Trockenen ist“, entgegnete der Graf.

„Sie braucht zum Leben Wasser um sich“, erklärte der Diener weiter.

„Da ... da ...“, stotterte der Ritter. Er war sichtlich überfordert und hätte sich gerne nachdenklich am Kopf gekratzt, was aber nicht ging, da er Helm und Handschuhe trug. „Ich sperre Euch erst mal in den großen Kerker.“

„Das geht aber nicht“, protestierte die Meerjungfrau. „Ohne Wasser werde ich die Nacht nicht überleben.“

„Ist ja gut“, schrie der Ritter auf. Langsam wurde es ihm zu bunt. Mit so widerspenstigen Gefangenen hatte er es noch nie zu tun gehabt. „Ihr könnt die Badewanne in den Kerker mitnehmen“, sagte er. „Was dann weiterhin passiert, entscheide ich morgen.“

„Du entscheidest das?“, fragte der Diener verwundert.

„Ich ...“, stotterte der Ritter. „Ich meine natürlich, der König entscheidet das morgen!“

Er führte sie also in den Kerker des Schlosses, der noch viel staubiger und düsterer als der Thronsaal war. Die schwere Kerkertür wurde hinter ihnen geschlossen und verriegelt.

„Das ist hier nicht gerade ein schöner Ort“, bemerkte die Meerjungfrau.

„Wir brechen aus“, bestimmte der Graf. „Wanderdiener!“

„Na ja ...“, sagte der Diener. „Der Kerker ist schon so etwas wie eine Kammer, daher bin ich im Moment doch wieder Euer Kammerdiener.“

Der Graf verdrehte die Augen. „Wie dem auch sei! Du musst wohl noch einmal zaubern.“

„Wenn es denn unbedingt sein muss“, sagte der Diener und verdrehte ebenfalls die Augen.

Es musste sein. Also krempelte er wieder einmal die Ärmel hoch, schloss die Augen und murmelte einen weiteren geheimen Zauberspruch. Da veränderte sich auf einmal die Außenwand, und eine Tür erschien. In Anbetracht der staubigen und grauen Umgebung war diese Tür aus schönstem Eichenholz eine wahre Pracht. Das fiel auch dem Grafen auf.

„Eine schöne Tür“, schwärmte er, „das muss man neidlos anerkennen.“

Erfreut griff er nach der Klinke, drücke sie herunter und stemmte sich gegen die Tür. Die jedoch bewegte sich nicht, auch nicht, als er rüttelte und sich mit aller Kraft dagegen warf.

„Sie ist wohl leider abgeschlossen“, bemerkte er und schaute seinen Kammerdiener auffordernd an.

Der zauberte diesmal ohne große Proteste auch noch einen Schlüssel herbei, und so konnten die drei samt Badewanne die Flucht antreten. Die Badewanne schritt voran, Graf und Diener folgten ihr. Nur war es mittlerweile dunkel geworden, und bereits nach wenigen Schritten stießen sie im Dunkeln gegen etwas Großes, das dann krachend und scheppernd zu Boden fiel.

„Jetzt sagt nicht, ich soll auch noch Licht zaubern“, bat der Diener.

„Das ist nicht nötig“, entgegnete der Graf, „denn ich habe Streichhölzer und eine Laterne!“

Er kramte in seiner Reisetasche, holte seine Laterne heraus und brachte sie zum Leuchten, bevor er sie dann dem Diener übergab. Und während der Diener leuchtete, näherte sich der Graf langsam dem zu Boden gefallenen Gegenstand.

„Da liegt ja ein Ritter“, wunderte sich die Meerjungfrau.

„Nein, es ist nur eine leere Rüstung“, entgegnete der Diener.

„Und der andere Wächter, der dort drüben steht, ist wohl auch nicht echt“, vermutete der Graf.

Es wurde immer rätselhafter, doch lange darüber nachdenken konnten sie nicht, denn da sprang auf einmal von hinten ein echter Ritter hervor und hielt ihnen sein Schwert entgegen. Schnell nahm der Graf der am Boden liegenden Rüstung das Schwert ab und stellte sich dem Angreifer mutig entgegen. Ein Schwertkampf wurde ausgetragen, bei dem es nur so schepperte.

„Gebt lieber sofort auf!“, warnte der Ritter. „Ich wende Gewalt an.“

„Aufgeben? Das kommt nicht infrage!“, entgegnete der unerschrockene Graf.

Er war im Schwertkampf geübt und seinem Gegner deutlich überlegen. So dauerte es nicht lange, und er schlug ihm das Schwert aus der Hand. Der Ritter war nun besiegt und sank auf die Knie.

„Jetzt nimm Deinen Helm ab“, befahl der Graf, „und zeige Dich.“

Der besiegte Ritter folgte der Anweisung zögerlich und ließ dann niedergeschlagen den Kopf hängen.

„Das ist ja der König“, rief die Meerjungfrau erstaunt.

„Was ist denn das für ein Schloss?“, fragte der Diener, „in dem leere Ritterrüstungen als Wächter aufgestellt werden und der König selbst die flüchtenden Gefangenen verfolgt?“

„Es ist halt so“, erklärte der König, „dass ich der Einzige bin, der in diesem Land lebt. Und ich wünsche mir nichts mehr als ein paar Untertanen. Ohne Untertanen regiert es sich schlecht.“

Jetzt, da er so traurig war, konnte ihm keiner mehr böse sein. Alle grübelten darüber nach, was nun geschehen sollte. Schließlich war es die Meerjungfrau, die eine Idee hatte: „Ich wüsste ein Land, das Du regieren kannst. Das ist sogar viel schöner als dieses, und es gibt auch Untertanen.“

„Wirklich?“, fragte der König aufgeregt.

„Wir brauchen einen Strandwächter ...“, erklärte die Meerjungfrau. „Ich meine: einen Strandkönig. Der muss aufpassen, dass keine Meeresbewohner stranden. Gerade den Muscheln und Seesternen passiert das sehr häufig.“

„Er soll also eine Art Bademeister werden?“, fragte der Diener.

„So ähnlich“, sagte die Meerjungfrau, die es offenbar ganz ernst meinte.

„Das ist eine vortreffliche Idee“, jubelte der Graf.

„Darf ich denn auch meine Krone tragen?“, fragte der König vorsichtig.

„Unbedingt“, sagte die Meerjungfrau.

So lief der König, eh sie weitergingen, schnell in das Schloss. Er ließ Schwert und Ritterrüstung zurück. In einem vornehmen Anzug mit rotem Samtumhang und funkelnder Krone verließ er sein Reich, um die Wanderer auf ihrem Weg zu begleiten. Sie folgten der laufenden Badewanne und dem Licht der Laterne. Schließlich ging die Sonne auf, und in der Morgendämmerung sahen sie, dass sie das graue Land hinter sich gelassen hatten. Bald schon hörten sie in der Ferne das Rauschen des Meeres, und wenig später hatten sie den Strand erreicht.

„Endlich bin ich wieder zu Hause“, sagte die Meerjungfrau begeistert.

„Und es ist wirklich sehr schön hier“, freute sich der König. „Ein prima Königreich!“

„Kammerdiener!“, sagte der Graf.

„Wanderdiener!“, verbesserte dieser.

„Nenn ihn doch einfach Zauberdiener“, schlug die Meerjungfrau vor. „Das passt immer!“

„Gute Idee“, lobte der Graf diesen Vorschlag. „Also, Zauberdiener: Wir gehen nun zum Schwimmen ins Meer.“

„Sehr wohl“, willigte der Diener ein.

Auch der König hatte Lust, eine Runde zu schwimmen. „Wenn ich mich anschließen dürfte?“

„Selbstverständlich!“, sagte der Graf.

„Und ich schließe mich ebenfalls an“, erklärte die Meerjungfrau.

Die Badewanne setzte sich noch einmal in Bewegung und ging ein paar Schritte ins Wasser, sodass die Meerjungfrau mit einem Satz ins Meer springen konnte. Sie tauchte kurz unter, dann wieder auf, und mit ein paar kräftigen Stößen ihrer Schwanzflosse schwamm sie hin und her.

„Was wird denn nun aus dieser großartigen laufenden Badewanne?“, fragte der König.

„Die Meerjungfrau darf sie behalten“, bestimmte der Graf. „Für Landausflüge.“

So verbrachten sie einige schöne Tage am Meer. Der König hatte ein Auge auf die Muscheln und Seesterne und brachte sie, wenn sie an Land gespült worden waren, zurück ins Meer. Dabei trug er dann stolz seine Krone. Auf ein Schloss allerdings verzichtete er. Ihm genügte ein kleines Haus am Strand, das sie gemeinsam bauen wollten. Da sie jedoch nicht sonderlich geschickt darin waren, musste der Diener mit etwas Zauberei nachhelfen.

„Das war eine schöne Zeit“, verkündete der Graf eines Tages. „Aber jetzt drängt es mich, die Heimreise anzutreten. Ich fürchte nur, sie wird etwas dauern.“

„Na ja“, sagte der Diener, der gut erholt und bestens gelaunt war. „Ich könnte schon mit ein wenig Zauberei nachhelfen. Immerhin bin ich Euer Zauberdiener. Da gehört das wohl hin und wieder dazu.“

Er krempelte also die Ärmel hoch, schloss die Augen, murmelte einen Zauberspruch und zauberte sie zurück nach Hause. Da er den Weg ja nun kannte, war das kein Problem, und so konnten sie auch die Meerjungfrau und den Strandkönig hin und wieder besuchen. Und wenn sie nicht gestorben sind, dann leben sie noch heute glücklich und zufrieden.

Die Zauberpuppe

Es war einmal eine wunderschöne Prinzessin, die hatte eine ungewöhnliche Leidenschaft: Sie sammelte Puppen. Im Königsschloss ihres Vaters gab es drei Räume, die von oben bis unten voll waren mit Puppen der unterschiedlichsten Art. Die meisten saßen dicht an dicht nebeneinander in den Regalen, die so groß waren, dass sie bis zur Decke reichten und die Wände vollständig hinter sich verbargen. In der Mitte der drei Räume gab es Puppenhäuser, die ein Tischler für die Prinzessin gebaut hatte. Und in diesen Puppenhäusern saßen die schönsten Puppen der Prinzessin. Ein Schneider war eigens dafür eingestellt worden, neue Puppenkleider anzufertigen. Beinahe täglich wurde eine kleine Modenschau veranstaltet. All ihre freie Zeit verbrachte die Prinzessin mit den Puppen, und dennoch war sie nicht glücklich.

„Meine Puppen sind zwar schön, aber keine von ihnen ist so schön, dass sie meine Lieblingspuppe sein könnte“, sagte sie. Dabei war das wohl der Kern ihrer Leidenschaft: Sie suchte nach der einen vollkommenen Puppe.

Der König und die Königin unterstützten die Prinzessin, so gut es ging. Immer wieder brachten sie von ihren Reisen neue Puppen mit, von denen einige auch sehr ungewöhnlich waren. Aber eine Lieblingspuppe wollte sich einfach nicht finden lassen. Davon hörte ein böser Zauberer.

„Wenn die Prinzessin keine Lieblingspuppe hat, dann werde ich ihr eben eine machen“, sagte er zu sich selbst.

Der Zauberer lebte in einem dunklen Turm, der versteckt in einem dunklen Wald lag. Dort hatte er Ruhe für seine bösartigen Ideen.

„Es muss eine Zauberpuppe sein“, sagte er, „die dafür sorgt, dass ich am Ende König werde.“

Gleich am nächsten Tag stellte der Zauberer in seiner Werkstatt eine Puppe her. Die sah zunächst gewöhnlich aus, doch dann legte er sie in seine Zauberkiste, hexte ihr Schönheit an und hauchte ihr Leben ein. Bald schon hob sich der Deckel, und die Puppe kletterte wieder heraus.

„Hallo, ich will Deine Freundin sein“, sagte sie zum staunenden Zauberer. Der freute sich diebisch, nahm die Puppe in die Hände und gab ihr vor lauter Freude einen Kuss. Dann füllte er das Innere der Puppe mit Gift, und schon im nächsten Moment wurde die Puppe böse.

„Hallo, ich will Deine Freundin sein“, sagte sie ein zweites Mal. Doch diesmal hatte sie gelogen, denn wer böse ist, schreckt nicht einmal vor einer Lüge zurück.

Der Zauberer verkleidete sich nun als einfacher Spielzeughändler: Er zog ein weißes Hemd an, das hier und da kleine Flecken hatte, damit er fleißig wirkte. Darüber trug er eine bunte Weste mit vielen Taschen. Aus dem kleinen Schuppen neben dem Turm holte er seinen Karren, der dort viele Jahre gestanden hatte und erst einmal von Staub und Spinnweben befreit werden musste. Er packte dann die Puppe hinein und legte einen Zauber über den Karren, damit es so aussah, als sei die Puppe umgeben von Teddybären und anderen Spielsachen. So machte er sich auf den Weg. Er kam durch den Wald, der, je weiter man sich vom Turm entfernte, immer grüner und lebendiger wurde.

Die Waldtiere waren schlau und mieden den Zauberer und seinen Turm. Doch nun, als er in der Verkleidung des Spielzeughändlers unterwegs war, erkannten sie ihn nicht und machten daher keine Anstalten zu fliehen. Nur der alte Bartkauz wusste genau, wer der Spielzeughändler war. Er hob sich in die Lüfte und flog davon.

Bald erreichte der Zauberer das Schloss und klopfte an das große, mächtige Tor. Es wurde sogleich geöffnet, und ein Wächter fragte ihn nach seinem Begehr.

„Ich bin Spielzeughändler", sagte der Zauberer. „Ich habe eine ganz besondere Puppe dabei und dachte, das könnte Eure Prinzessin interessieren."

„Ich werde sie holen", antwortete der Wächter und zog das schwere Tor hinter sich zu. Nun verging eine lange Zeit, denn das Schloss war groß. Schließlich kam die Prinzessin zum Tor.

„Wer sind Sie?", fragte sie den vermeintlichen Händler.

„Oh, ich bin nur ein Spielzeughändler", log der Zauberer. „Und ich habe gehört, dass Ihr eine Vorliebe für schöne Puppen habt."

„Das ist wahr", sagte die Prinzessin, und der Zauberer merkte gleich, dass er ihr Interesse geweckt hatte.

„Dann schaut mal! Ich denke, ich habe eine ziemlich besondere Puppe in meinem Karren."

Er öffnete den Karren, schob die Trugbilder der anderen Spielzeuge beiseite und präsentierte der vor Neugierde ganz aufgeregten Prinzessin die Puppe.

„Die ist ja wunderschön", sagte die Prinzessin und war für einen Moment selbst wie verzaubert. „Sie könnte vielleicht sogar meine Lieblingspuppe werden. Jedenfalls bin ich mir sicher, dass sie meine drei besten Puppen an Schönheit übertrifft."

„Das freut mich zu hören“, entgegnete der Zauberer und vergaß dabei, auf seine gespielte Freundlichkeit zu achten, doch die Prinzessin bemerkte dies nicht, so sehr war sie von der Zauberpuppe geblendet.

„Doch das Beste, Frau Prinzessin, kommt erst noch“, ergänzte er, diesmal wieder im Ton des freundlichen Spielzeughändlers. „Ihr werdet es kaum glauben, aber diese Puppe kann sogar sprechen.“

„Guten Tag, Du bist sehr hübsch“, sagte die Puppe.

Da war es um die Prinzessin geschehen.

„Ich muss diese Puppe unbedingt haben“, sagte sie aufgeregt. „Was soll sie denn kosten?“

„Da mache ich Euch einen Sonderpreis“, entgegnete der Zauberer. „Zweihundert Goldstücke.“

Die Prinzessin ließ einen Diener kommen und schickte diesen in die Schatzkammer, damit er die zweihundert Goldstücke holte. Nachdem die Puppe bezahlt war, drückte die Prinzessin sie fest an sich und hüpfte freudestrahlend zurück in ihre Gemächer.

„Danke“, sagte der Zauberer, und als er sicher war, dass ihn niemand mehr sah, lachte er sich ins Fäustchen.

Zunächst schien es tatsächlich so, als ob sein Plan aufging, denn die verhexte Puppe war nun im Schloss, und somit war die Königsfamilie in Gefahr.

Die Prinzessin spielte an diesem Abend noch einige Stunden mit der Puppe, und schließlich, als sie müde wurde, setzte sie sie auf ihr Nachttischchen und legte sich ins Bett.

Als die Prinzessin eingeschlafen war, hüpfte die Puppe auf den Bettvorleger und schlich dann in den Flur, um das Schloss zu erkunden. Aus den meisten Zimmern drang ein Schnarchen, mal leiser, mal lauter. Die Puppe lief die große, im Halbkreis nach unten führende Treppe hinab und schaute sich auch die Räume im Erdgeschoss an. Zuletzt kam sie in die prächtig ausgestattete Küche. Auf der Anrichte stand eine Schüssel aus vornehm verziertem, rosafarbenem Porzellan, in der Erdbeerquark enthalten war.

„Das ist wohl das königliche Frühstück", dachte sie sich. Sie mischte einige Tröpfchen von dem Gift, das sie in sich trug, in den Erdbeerquark. Anschließend begab sie sich still und heimlich zurück in das Zimmer der Prinzessin. Dort nahm sie wieder ihren Platz auf dem Nachttischchen ein, als wäre sie nie weg gewesen.

Am nächsten Morgen verkündete der königliche Hahn auf dem königlichen Misthaufen das Anbrechen des neuen Tages. Die Prinzessin erwachte und begrüßte ihre Puppe.

„Hallo", sagte sie freundlich, „hast Du gut geschlafen?"

„Oh ja", erwiderte die Puppe, „es war wunderbar gemütlich."

Sie konnte lügen, ohne rot zu werden.

Die Prinzessin aber freute sich auf den neuen Tag. Sie war so glücklich, endlich eine Lieblingspuppe zu haben, dass sie mit ihrem Lachen auch den König und die Königin ansteckte.

„Schön, dass Du so gute Laune hast", freute sich die Königin.

„Darf ich schon mal frühstücken?", fragte die Prinzessin in der Hoffnung, die Gunst der Stunde für sich nutzen zu können. „Dann habe ich nachher mehr Zeit für meine Puppe. Sie muss doch dringend einige Kleider anprobieren."

„Geh schon", sagte die Königin lächelnd.

So kam es, dass die Prinzessin zuerst von dem Erdbeerquark aß. Sie wunderte sich über den ungewöhnlichen Geschmack, dachte sich aber nicht viel dabei, sondern süßte mit etwas Honig nach. Doch als sie ihr Schälchen leer gegessen hatte, bekam sie auf einmal entsetzliche Bauchschmerzen.

Der Arzt wurde gerufen, um sie zu untersuchen. Es dauerte nicht lange, und er teilte dem König mit, dass wohl jemand die Prinzessin vergiftet hatte. Es sei ein sehr seltenes Gift, gegen das noch kein Mittel bekannt sei. Die Prinzessin sei dem Tode geweiht. Der König ließ den Erdbeerquark untersuchen, und als man feststellte, dass dieser das Gift enthielt, wurde der Koch in den tiefsten, dunkelsten Kerker gesperrt.

„Ich finde es so traurig, dass Du solche Schmerzen hast", sagte die Puppe zur Prinzessin. „Ganz ehrlich, ich leide mit Dir."

„Danke, meine Lieblingspuppe", sagte die Prinzessin mit schwacher Stimme. „Das tröstet mich sehr."

Es wurden viele Versuche unternommen, der Prinzessin zu helfen. Bedeutende Ärzte und Apotheker des Königreichs bekamen kleine Proben des Erdbeerquarks und suchten eifrig nach einem Gegengift. Auch in der Zeitung wurde über die Vergiftung der Prinzessin berichtet, in der Hoffnung, dass jemand darauf aufmerksam würde, der sich mit Giften auskannte und helfen konnte. Dies las auch der böse Zauberer und lachte sich erneut ins Fäustchen.

Der König sandte inzwischen einige Ritter und andere Helden aus, um Hilfe zu holen. Einer dieser Helden, der schon eine gewisse Zeit bei Hofe lebte und ganz heimlich für die Prinzessin schwärmte, hatte sich einen besonderen Plan überlegt. Er reiste in die Berge, denn dort lebten weise Männer. Nicht auf jedem Berg natürlich, aber auf einigen. Diese weisen Männer waren meist alt, hatten lange weiße Bärte und wussten beinahe alles, was man sie fragte. Je länger der Bart war, desto mehr wussten sie.

Unser Held jedenfalls kletterte auf einen Berg und fand nichts. Er kletterte auf einen zweiten Berg. Wieder nichts. Auf dem dritten schließlich, wie das im Märchen so ist, kam er zu einer kleinen

Hütte. Er trat ein, ohne zu klopfen, denn weise Männer konnten erahnen, wann jemand kam.

„Hilfe, haben Sie mich erschreckt“, sagte der Mann, der allem Anschein nach in der Hütte wohnte. Er war recht jung, und sein Kinn wurde nur von wenigen blonden Bartstoppeln geziert.

„Oh, das tut mir leid“, sagte unser Held verwundert. „Sagen Sie, sind Sie der weise Mann des Gipfels?“

„Natürlich“, versetzte jener, zog dabei den Bauch ein und hob die Nase leicht in die Luft. „Sonst würde ich doch wohl kaum hier wohnen.“

Unser Held begann nun, die ganze Geschichte zu erzählen. Von dem vergifteten Erdbeerquark, der todkranken Prinzessin, ihren schrecklichen Bauchschmerzen und den vielen Ärzten, die nicht wussten, wie sie ihr helfen konnten.

„Es ist zu schade“, entgegnete der weise Mann des Gipfels, „dass gerade der Erdbeerquark vergiftet war, denn ich liebe Erdbeerquark. Natürlich nur, wenn er nicht vergiftet ist.“

„Ja, ja“, meinte da der Held, „aber was kann man denn da machen?“

„Tja, da habe ich keine Ahnung“, sagte der weise Mann, „denn ich kenne mich mit Gift nicht besonders gut aus!“

Er erklärte dem ungläubig dreinschauenden Helden, dass er die Hütte erst einen Tag zuvor gebaut hatte, weil er schon immer weiser Mann des Gipfels hatte werden wollen, und gerade heute sei nun sein erster Arbeitstag.

„Das Einzige, was ich habe“, ergänzte er noch, „sind diese seltsamen Kräuter.“

Mit diesen Worten griff er in eine Schublade und brachte ein Büschel Kräuter zum Vorschein, das bläulich schimmerte und so ähnlich wie Kamille duftete.

„Sieht irgendwie magisch aus“, meinte der Held.

„Das weiß ich nicht“, antwortete der weise Mann des Gipfels. „Ich habe sie aus dem Boden gerissen. Sie wuchsen dort, wo jetzt meine Hütte steht. Ich will sie Dir gerne schenken. Mehr habe ich nicht, und mehr weiß ich leider auch nicht.“

Unser Held nahm die Kräuter und machte sich auf den Heimweg. „Ist bestimmt Zauberkraut, wenn es schon so magisch aussieht“, sagte er zu sich. „Und Zauberkraut kann doch auch gegen Gift helfen. Ist zumindest besser als nichts.“

Der königliche Diener im königlichen Schloss bereitete der Prinzessin aus diesen Kräutern einen Tee zu. Die Prinzessin ließ ihn etwas abkühlen, nippte dann vorsichtig und trank schließlich einen Schluck.

„Der schmeckt ja widerlich“, beschwerte sie sich. „Wie soll der denn helfen?“

Sie machte ein Gesicht wie sieben Tage Regenwetter. Dazu muss man allerdings wissen, dass die Prinzessin sich auch aus Kamillentee nicht sonderlich viel machte. Wie dem auch sei: Sie bekam nach dem für sie zweifelhaften Teegenuss tatsächlich wieder Farbe im Gesicht und hüpfte kurze Zeit später freudestrahlend aus dem Bett.

„Diener“, rief sie. „Bring mir den Mann, der diese Kräuter besorgt hat.“

Der Held wurde daraufhin zur Prinzessin geführt. Sie plauderten eine Weile, tauschten sehr freundliche Blicke aus und verliebten sich schließlich ineinander.

„So soll es sein“, sagte der König und freute sich bereits auf die Hochzeit.

„Aber Papi“, sagte die Prinzessin. „Heiraten wollen wir noch gar nicht. Wir müssen uns erst mal besser kennenlernen.“

Es muss ja auch nicht immer gleich geheiratet werden. Vielleicht stellt man nämlich nach der Hochzeit fest, dass man sich doch nicht so richtig lieb hat, und dann hat man den Salat: Anwalt, Scheidung, Nervenkrieg. Da war es so, wie die beiden das machten, schon besser.

Und eines Tages hatten sie tatsächlich einen kleinen Streit, denn unser Held hatte der Prinzessin noch einen Tee aus den Zauberkräutern zubereitet.

„Trink den mal“, sagte er. „Vorsicht ist besser als Nachsicht.“

„Ich brauche den aber nicht“, entgegnete die Prinzessin erzürnt. „Ich bin doch längst gesund.“

Sie stritten sich, die Tasse fiel um, und der Tee floss ausgerechnet auf die Zauberpuppe, die unter dem Tisch gesessen und die beiden belauscht hatte.

„Aua“, schrie sie. „Jetzt habe ich Schmerzen. Ich arme Puppe.“

Die Prinzessin konnte laut werden, und sie wurde laut. „Meine arme Lieblingspuppe“, brüllte sie. „Sieh nur, was Du angerichtet hast.“ Sie war so erbost, dass sie gerade ansetzte, unseren Helden achtkantig hinauszuwerfen. „Verschwinde“, rief sie. „Ich will Dich nie wieder ...“

Da wurde sie auf einmal von der Puppe unterbrochen: „Halt, nicht so schnell! Warte doch mal.“

„Was ist denn?“, fragte die Prinzessin.

„Ich habe damals den Quark vergiftet“, gestand die Puppe. „Ich war nämlich böse.“

Der Tee der Zauberkräuter hatte auch das Gift im Inneren der Puppe unschädlich gemacht. So war sie gut geworden und erzählte die ganze Geschichte. Das brachte die Prinzessin so durcheinander, dass sie gar nicht mehr wusste, was sie tun sollte.

„Gib Deinem Helden doch endlich mal ein Küsschen“, schlug die Puppe vor. „Das hat er sich verdient.“

Das ließ sich die Prinzessin nicht zweimal sagen.

Alles Weitere ging schnell. Zunächst durfte der Koch, der ja zu Unrecht eingesperrt war, den Kerker wieder verlassen. Seine Zelle blieb nicht lange leer, sondern wurde das neue Zuhause des Zauberers, und der hatte es ja auch verdient. Zum Glück dachte man auch daran, ihm den Zauberstab abzunehmen.

Unser Held schrieb gleich am nächsten Tag einen langen Brief an den weisen Mann des Gipfels. So lernte dieser, dass seine Kräuter Zauberkräuter waren. Jeder weise Mann fängt einmal klein an.

Zur großen Hochzeit kam es auch noch, sehr zur Freude des Königs und der Königin. Der Held und die Prinzessin heirateten, und das war so feierlich, dass man noch viele Jahre später darüber sprach. Und wenn sie nicht gestorben sind, dann leben sie noch heute.

Prinz Ohneschloss

Ohne Schloss kann man im Leben kein Prinz sein, könnte man denken. Dabei hat es in Lugabugien, tatsächlich einmal einen Prinzen gegeben, der kein Schloss besaß und tagein, tagaus auf Wanderschaft war. Deshalb nannte man ihn *Prinz Ohneschloss*. Er verstand sich als Diener seiner Untertanen und lehnte es ab, das Geld des Volkes dafür auszugeben, dass er im Luxus leben konnte. Genau so lehnte er es ab, zurückgezogen in einem Thronsaal zu sitzen, und über ein Volk zu regieren, von dem er nur das wusste, was andere ihm erzählten.

„Wenn man nur in seinem Schloss sitzt, dann weiß man nichts über die Menschen“, erklärte er seinem Hofmeister. „Man muss ihnen begegnen und mit ihnen reden.“

Die Aufgabe des Hofmeisters bestand zum einen in der politischen Beratung, und zum anderen schob er den königlichen Kleiderschrank. Es war ein Kleiderschrank auf Rädern, den der junge Herrscher immer in seiner Nähe haben wollte.

„Es ist für ein Staatsoberhaupt wichtig“, erklärte er, „für jede Situation das passende Outfit zu haben.“

„Nur sollte ein Prinz nicht *Outfit* sagen, sondern besser *Garderobe*“, erlaubte sich der Hofmeister anzumerken.

Doch sein Gegenüber schüttelte den Kopf: „Ich weiß Deine Bemühungen zu schätzen, aber ein Prinz muss schon auch die Sprache des Volkes sprechen.“

„Wenn ihr meint“, murmelte der Hofmeister und verdrehte heimlich die Augen.

Eines Tages nun kamen die beiden Wanderer an einem kleinen Bach vorbei, der sich zwischen Getreidefeldern und grünen Wiesen hindurchschlängelte. Sie waren seinem Verlauf bereits einige Zeit gefolgt, als der Hofmeister eine Entdeckung machte.

„Da schwimmt eine Flasche, und es sieht so aus, als wäre ein Stück Papier darin“, sagte er und deutete zum Bach. „Das muss entweder ein Hilferuf oder eine Schatzkarte sein.“

„Tatsächlich“, meinte der Prinz. „Ich werde sie wohl besser herausfischen.“

„Eine gute Idee“, entgegnete der Hofmeister und freute sich, dass er nun einen Moment verschnaufen konnte. Das Schieben des Kleiderschranks war trotz der Räder mühsam. Er öffnete den Schrank und brachte bald eine Anglerhose zum Vorschein.

Nachdem der Prinz die Kleidung gewechselt hatte, stieg er in den Bach hinunter. Er watete ein paar Schritte durch das kniehohe Wasser und bekam die Flasche bald zu fassen. Der Hofmeister applaudierte, denn auch das gehörte zu seinen Aufgaben, und der Prinz kletterte zurück ans Ufer, wo er die Hose wieder wechselte.

„Was ist es denn nun für ein Zettel?“, fragte der Hofmeister ungeduldig.

Der Korken saß zunächst sehr fest, doch nachdem beide ein wenig daran gezogen hatten, ließ er sich unter einem leichtem Quietschen immer mehr herausziehen. Schließlich gab es einen kleinen Knall, und der Prinz hielt den Korken in der Hand. Als nächstes befreite er mit etwas Fingerspitzengefühl und viel Geduld den Zettel aus der Fasche.

„Hofmeister, Du hast recht gehabt“, jubelte er. „Es ist eine Schatzkarte!“

„Habe ich es mir doch gedacht!“

Der Hofmeister war merklich stolz.

„Hier steht Folgendes geschrieben“, sagte der Prinz und las dann vor. „Jetzt, da sich mein Leben seinem Ende nähert und ich keinen Erben habe, vermache ich meinen Reichtum demjenigen, der diese Flaschenpost findet und meinen Schatz hebt.“

„Das sollte doch leicht zu schaffen sein“, meinte der Hofmeister. „Dann könnt Ihr endlich mal Eure Goldgräberausrüstung nutzen. Und wenn Ihr den Schatz gehoben habt, dann könnt Ihr Euch ein Schloss bauen, so wie andere Prinzen es auch haben.“

„Nicht so voreilig“, gab der Prinz zu bedenken. „Erst einmal müssen wir den Schatz finden. Dann werden wir sehen, wie groß er ist, und was sich damit machen lässt.“

Auf der Karte war zu lesen, dass sie zunächst dem Bach noch eine Weile folgen mussten. Am Abend dann erreichten sie den Rand eines tiefen, dunklen Waldes, und während der Bach eine Biegung machte, führte der kürzeste Weg laut Schatzkarte geradeaus in den Wald hinein.

„Immer diese tiefen, dunklen Wälder“, beschwerte sich der Hofmeister. „Da erwarten einen böse Wölfe, bucklige Hexen und grimmige Räuber. Der Boden ist uneben, und überall gibt es Baumwurzeln und Löcher. Da ist es wahrlich kein Vergnügen, Euren Kleiderschrank zu schieben. Wir sollten wohl besser den Umweg nehmen. Zudem finde ich ...“

„Hofmeister“, unterbrach ihn der Prinz. „Würdest Du bitte aufhören zu nörgeln? Das bringt uns nun wirklich nicht weiter!“

„Sehr wohl“, gehorchte der Hofmeister.

Und kaum waren sie im Wald, sprang ein zähnefletschender Wolf aus dem Dickicht und stellte sich ihnen in den Weg.

„Seht Ihr, oh Prinz?“, meinte der Hofmeister und fühlte sich im Recht. „Ein böser Wolf! Genau, wie ich es gesagt habe.“

„Ich würde eher sagen“, entgegnete der Prinz, „es ist ein hungriger Wolf. Haben wir noch etwas zu essen, das wir ihm geben könnten?“

„Was mag er denn?“, fragte der Hofmeister mürrisch. Es war ihm zuwider, die Vorräte an irgendwelche dahergelaufenen Raubtiere zu verfüttern.

„Ich denke, er würde Fleisch bevorzugen“, vermutete der Prinz.

„Haben wir nicht“, stellte der Hofmeister fest. „Wir haben nur noch etwas Brot.“

„Dann reiche mir doch mein Jägeroutfit.“

„Sehr wohl!“

Während der Prinz sich umzog, ließ sich der Wolf zu Boden sinken und beobachtete das Vorgehen mit großen Augen.

„Wollt Ihr auch Euren Jägerhut haben oder behaltet Ihr die Krone auf dem Kopf?“, fragte der Hofmeister.

„Ich behalte die Krone“, antwortete der Prinz. „Aber sag, was soll ich jagen? Wild oder Geflügel?“

Der Hofmeister zuckte mit den Achseln, und der Wolf gähnte. Also griff der Prinz zu seiner Armbrust und schlug sich ins Unterholz. Es verging einige Zeit. Der Hofmeister hatte sich auf dem Waldboden niedergelassen und mit dem Rücken an den Schrank gelehnt. Er schaute misstrauisch zum Wolf hinüber, der mit offenen Augen zu dösen schien.

Schließlich kam der Prinz zurück und präsentierte seine Beute: zwei Fasane. Er legte sie in Reichweite des Wolfes zu Boden und lächelte zufrieden. Doch das Tier regte sich zunächst nicht.

„So, Hofmeister“, sagte er, „ich denke, wir können unseren Weg fortsetzen.“

Doch als der Hofmeister sich erhob und den Schrank zwei Schritte weiterschob, stand auch der Wolf auf und fletschte wieder bedrohlich die Zähne.

„Vielleicht hätte er die Fasane gerne auch noch gerupft und gebraten", vermutete der Hofmeister, wobei er abermals die Augen verdrehte.

„Na schön", meinte der Prinz und nahm die Schürze entgegen, die sein Begleiter ihm bereits reichte.

„Auch die Kochmütze?", fragte der Hofmeister.

„Das wäre wohl besser", knurrte der Prinz. „Ich möchte ungern mein Leben verlieren, nur weil der Wolf ein Haar im Essen findet."

Während der Hofmeister ein schönes Feuerchen anzündete, rupfte der Prinz die Jagdbeute. Er schnitzte einen Stock zurecht, spießte die Fasane daran auf und grillte sie über dem Lagerfeuer. Als sie knusprig braun waren, ließ er sie ein wenig abkühlen, würzte sie mit Pfeffer und Salz und reichte sie dann dem Wolf. Der begann sofort, sie genüsslich zu verspeisen. Danach leckte er sich die Pfoten und ging seines Weges.

„Wie nett, dass er keinen Nachschlag verlangt hat", spottete der Hofmeister. „Oder ein Dessert."

„Hofmeister", sagte der Prinz müde, „ich hätte nun gerne wieder meine Wandersachen."

Der auf der Schatzkarte verzeichnete Weg führte sie tiefer und tiefer in den Wald. Das Mondlicht half ihnen wenig, sich zu orientieren, und der Waldboden machte das Schieben des Kleiderschranks mit jedem Schritt schwerer. Der Prinz entschloss sich gerade, dem Hofmeister zu helfen, als sie erneut aufgehalten wurden: Jemand flog auf einem Besen knapp über sie hinweg und landete dann unmittelbar vor ihnen. Der Prinz stolperte vor Schreck und fiel hin. Als er wieder aufstand, schaute er in das Gesicht einer buckligen alten Frau mit großer Hakennase.

„Seht Ihr, oh Prinz?“, meinte der Hofmeister. „Eine bucklige alte Hexe! Genau, wie ich es gesagt habe. Und zu allem Überfluss ist Eure Hose beschädigt: ein großes Loch im Kniebereich. Das wird geflickt werden müssen!“

„Ganz ruhig, Hofmeister“, sagte der Prinz leise und wandte sich dann der Hexe zu: „Was willst Du von uns? Man kriegt ja einen Schrecken, wenn Du einem mitten in der Nacht über den Kopf hinwegfliegst!“

„Es ist von Vorteil“, entgegnete die Hexe, „dass man mit Euch reden kann. Manch einer fällt vor Schreck in Ohnmacht. Also: An Deiner Krone kann man unschwer erkennen, dass Du Prinz bist. Ich brauche für einen meiner Zaubertränke drei königliche Blutstropfen.“

„Blut?“, fragte der Hofmeister entsetzt. „Ich höre wohl nicht richtig.“

„Langsam“, meinte der Prinz. „Um was für einen Zaubertrank handelt es sich? Ich werde Dir kein Blut geben, wenn Du damit etwas Schändliches vorhast!“

„Das möchte ich aber nicht verraten“, erwiderte die Hexe geheimnisvoll.

„Tja“, sagte der Prinz. „Dann gibt es von mir nicht einmal einen Tropfen.“

„Na schön“, knurrte die Hexe. „Es ist ein Zaubertrank zur Hautpflege. Ich habe mit Warzen und Hühneraugen zu kämpfen. Das ist unangenehm!“

„Immer diese Bösewichte“, schimpfte der Hofmeister. „Sie stellen sich unvermittelt in den Weg, und man muss tun, was sie sagen, auch wenn man es eigentlich überhaupt nicht möchte.“

„Schon gut“, sagte der Prinz, „es sind ja nur drei Tropfen. Hofmeister, reiche mir mein Schneideroutfit, wenn ich bitten darf.“

„Wollt Ihr etwa jetzt Eure Hose flicken?“, wunderte sich der Hofmeister.

„Nein, ich brauche im Grunde nur die Nadel“, erklärte der Prinz. Wenn er schon gestochen werden musste, dann sollte das Stechwerkzeug doch möglichst sauber sein. Und in dieser Hinsicht vertraute er seiner eigenen Nadel mehr als allem, was die Hexe möglicherweise mit sich führte.

Der Hofmeister reichte ihm also eine Nähnadel, und der Prinz pikte sich selbst in den kleinen Finger. Die Hexe hatte ein winziges Fläschchen dabei und fing damit drei Tropfen Blut auf. Eigentlich waren es sogar vier.

„Danke sehr“, sagte sie. „Und entschuldigt bitte, dass ich Euch erschreckt habe.“

„Schon gut“, meinte der Prinz, während er eine frische Wanderhose anzog, die der Hofmeister ihm gereicht hatte.

Im nächsten Moment schwang sich die Hexe auf ihren Besen und flog zwischen den Baumkronen hindurch hoch in den Nachthimmel.

Die beiden Schatzsucher aber warfen einen Blick auf die Karte und machten sich wieder auf den Weg, wobei sie den Kleiderschrank gemeinsam schoben. Bald kamen sie zu einem Pfad, auf dem das Schieben wieder leichter wurde. Da sich der Prinz nicht mehr so anstrengen musste, schaute er zum Hofmeister hinüber und bemerkte, dass dieser ihm von der Seite einen spöttischen Blick zuwarf.

„Hofmeister“, sagte der Prinz etwas ungehalten. „Glaub mal nicht, dass ich Deinen Blick nicht bemerke. Was ist los?“

„Ganz einfach", meinte der Hofmeister. „Ich hatte Euch gewarnt, und es ist fast alles so gekommen, wie ich gesagt habe. Böser Wolf, bucklige Hexe. Fehlt nur noch ..."

„Hände hoch, das ist ein Überfall", knurrte ihnen eine Stimme aus dem Dunkeln entgegen. Sie sahen sich nach allen Seiten um. Im nächsten Moment trat ein stoppelbärtiger Mann hinter einem Baum hervor. Er sah recht kräftig aus, obgleich er nicht besonders groß war. Jedoch hielt er einen Säbel in der Hand, was ihn durchaus zu einer furchteinflößenden Gesamterscheinung machte.

„Ein Räuber", beschwerte sich der Hofmeister. „Da habe ich ja schon wieder recht gehabt."

„Ich will Eure Krone", sagte der Räuber, „und alle anderen Reichtümer, die Ihr bei Euch habt."

„Hofmeister", rief der Prinz, „ich benötige dringend mein Verteidigungsoutfit."

„Verteidigungsoutfit", wiederholte der Hofmeister, „kommt sofort!"

„Was soll das denn nun bedeuten?", fragte der Räuber etwas verunsichert.

„Ganz einfach", erklärte der Prinz, „ich werde ungern in meinen Wandersachen überfallen."

Der Prinz zog sich also um, und der verdutzte Räuber schaute ihm dabei zu. Das Verteidigungsoutfit bestand vor allem aus einer Lederrüstung. Und während der Prinz diese zurechtzupfte und hier und da zuschnürte, warf der Räuber einen flüchtigen Blick in den Schrank.

„Da sind ja nur Klamotten drin", sagte er verwundert.

Der Hofmeister verdrehte die Augen.

„Es ist ja auch ein Kleiderschrank!"

„Das ist für mich als Räuber uninteressant“, brummte der Angreifer. „Ich nehme nur die Krone und Euer Geld.“

„Du solltest aber wissen ...“, sagte der Prinz in aller Ruhe und griff langsam in den Schrank. „... dass zu meinem Verteidigungsoutfit ...“ Da zog er seine Waffe und rief dem Räuber mutig entgegen: „... auch ein Degen gehört!“

Während der Hofmeister ein paar Schritte zurücktrat und sich hinter dem Schrank in vorläufige Sicherheit brachte, entbrannte im Mondlicht ein Fechtkampf. Prinz gegen Räuber. Degen gegen Säbel. Der Prinz schlug sich hervorragend. Er war ein sehr guter Fechter und dem Räuber deutlich überlegen. Ganz sicher hätte er gewonnen, wenn ihm nicht der Räuber gegen das Schienbein getreten hätte. Der Degen fiel zu Boden und der Prinz hielt sich mit schmerzverzerrtem Gesicht das getroffene Bein.

„Das war doch wohl ein ziemlich gemeiner Trick!“, rief der Hofmeister empört. „Jeder Kampfrichter würde Euch dafür disqualifizieren.“

Der Räuber fesselte die beiden an einen Baum und nahm die Krone und den Geldbeutel des Prinzen.

„Und was haben wir hier noch?“, sagte er dann. „Eine Schatzkarte! Das freut das Räuberherz!“

Er lachte auf und verschwand mit seiner Beute in der Dunkelheit.

„So einen Schlammassel hatten wir lange nicht“, bemerkte der Hofmeister.

„Du nörgelst ja schon wieder“, entgegnete der Prinz.

„Weil ich zum Nörgeln jeden Grund habe“, nörgelte der Hofmeister weiter, „denn der Traum vom Schloss, der dürfte jetzt ja wohl geplatzt sein!“

„Es sei denn“, meinte der Prinz, „wir können die Verfolgung aufnehmen.“

So einfach ließ er sich seine Hoffnung nicht nehmen. Er war ein Kämpfer, und wenn er auch gefesselt inmitten eines bedrohlichen fremden Waldes saß, aufgeben wollte er deshalb noch lange nicht. Die Stimmung des Hofmeisters hingegen war auf dem Nullpunkt. Doch das sollte sich zum Glück bald ändern.

Man könnte sich wundern, wer sich des Nachts so alles im Wald herumtreibt, denn auf einmal erklang eine freundliche Frauenstimme: „Wer hat Euch denn hier angebunden?“

Der Klang ihrer Worte vermittelte dem Hofmeister alles, was ihm bis hierhin gefehlt hatte: Wärme, Zuversicht und der Glaube an das Gute.

„Das war ein Räuber“, erklärte der Prinz kurz.

„Ein Räuber“, bestätigte der Hofmeister, „und zwar einer von der grimmigen Sorte!“

„Ich binde Euch sofort los“, sagte die Frau und erwies sich als äußerst geschickt, was das Lösen von Knoten anging.

Der Hofmeister öffnete den Kleiderschrank und nahm aus einem Geheimfach die Ersatzkrone des Prinzen. Er reichte sie seinem Dienstherrn und dieser setzte sie sich auf den Kopf.

„Die Ersatzkrone zwickt zwar ein wenig“, sagte der Prinz, „aber da die andere nun einmal gestohlen wurde, geht es vorrübergehend nicht anders.“

„Wie aufregend“, schwärmte die Retterin, „ich habe noch nie einen echten Prinzen gesehen.“

„Wenn Du möchtest“, schlug der Prinz vor, „darfst Du uns ein Stück begleiten. Wir sind auf Schatzsuche und müssen dem Räuber, der unsere Karte gestohlen hat, zuvorkommen.“

„Genau“, ergänzte der Hofmeister. „Das Ziel ist eine alte Eiche auf einer großen Lichtung.“

Und weil sie gerne in Gesellschaft der hohen Herren sein wollte und obendrein den Weg kannte, schloss sich die Retterin den Schatzsuchern an. Sie erreichten ihr Ziel wenig später. Das Licht des Vollmondes leuchtete silberhell, und die alte Eiche warf einen langen Schatten auf die Lichtung. Dort kniete der Räuber und versuchte umständlich, mit seinem Säbel den Boden zu lockern.

„Da vorne ist er“, flüsterte der Prinz.

„Er hat uns den Rücken zugewandt“, meinte der Hofmeister, ebenfalls flüsternd. „Vielleicht können wir uns anschleichen und ihn von hinten überwältigen.“

„Das wird nicht nötig sein“, sagte die Frau bestimmt, und ihre Stimme war auf einmal gar nicht mehr warm und freundlich. Sie trat auf die Lichtung und marschierte schnurstracks auf den Räuber zu. Prinz und Hofmeister waren so überrascht, dass sie jede Möglichkeit versäumten, sie zurückzuhalten.

„Was machst Du denn hier?“, schimpfte sie drauflos.

„Oh“, stammelte der Räuber. „Hallo Gisela! Schön, Dich hier zu sehen!“

„Mir hast Du gesagt, Du arbeitest als Jäger“, schimpfte Gisela weiter. „Und was muss ich nun hören? Du bist in Wahrheit Räuber und überfällst unschuldige Prinzen.“

„Aber Schatzi“, versuchte er sie zu beschwichtigen. „Ganz so, wie Du es gesagt hast, ist es überhaupt nicht.“

„Ach nein?“, fragte sie, und ihre Augen verengten sich zu schmalen Schlitzen. Nicht einmal die Nachttiere wagten es noch, einen Mucks von sich zu geben. „Wie ist es dann?“

„Es …“, stammelte der Räuber und traute sich kaum, ihr in die Augen zu blicken. „Es ist möglicherweise vielleicht doch so ähnlich, wie Du gesagt hast.“

„Du gehst Dich sofort entschuldigen“, forderte sie und zeigte in Richtung der Schatzsucher.

Der Räuber ließ den Säbel liegen und schlurfte mit gesenktem Haupt dem Prinzen und dem Hofmeister entgegen.

„Wie es aussieht“, sagte der Prinz, „muss ich nicht noch einmal gegen ihn kämpfen.“

„Ich denke auch“, entgegnete der Hofmeister, „eine staatsmännische Garderobe wäre nun angemessen.“

Als der Räuber die beiden erreichte, war der Prinz noch mit dem Wechsel seiner Kleidung beschäftigt. Der Hofmeister half ihm, indem er schnell noch die Schulterquasten an der vornehmen Jacke zurechtzupfte und nach einem prüfenden Blick bestätigend nickte. So wandte sich der Prinz dem Räuber zu.

„Es tut mir leid“, stammelte dieser so leise, dass niemand etwas verstehen konnte.

Immerhin gab er Geldbeutel und Krone zurück.

„Wie meinen?“, fragte der Prinz.

„Es tut mir leid“, wiederholte der Räuber diesmal in annehmbarer Lautstärke.

„Das war zwar nicht unbedingt ein Musterbeispiel für eine formvollendete Entschuldigung“, meinte der Hofmeister, „aber ich glaube ihm.“

„Kannst Du mir versprechen“, fragte der Prinz streng, „dass Du dergleichen nie wieder tun wirst?“

„Unbedingt“, versprach der Räuber.

„Na schön“, sagte der Prinz. „Dann sei Dir verziehen, und nun wollen wir nicht mehr darüber reden.“

„Ich reiche Euch nun das Goldgräberoutfit“, sagte schließlich der Hofmeister.

„Hast Du nicht noch etwas zu sagen?“, mischte sich Gisela auf einmal ein.

„Ach so, ja“, sagte der Räuber. „Ich würde gern beim Graben helfen.“

„Ihr müsst wissen“, erwähnte Gisela, „dass er auch eine sehr liebenswerte und hilfsbereite Seite hat.“

Ihr Zorn war verflogen. Wortlos überreichte der Prinz dem reumütigen Räuber seine Goldgräberausrüstung, und nachdem dieser sich entsprechend gekleidet und vom Hofmeister auch noch eine Schaufel erhalten hatte, fing er an zu graben. Der Schweiß stand ihm schon auf der Stirn, als er mit der Schaufel auf etwas Hartes stieß.

„Da haben wir's auch schon“, jubelte er, „eine Schatzkiste.“

Die Kiste war so schwer, dass sie zu viert alle Kraft aufbringen mussten, um sie aus der Grube zu heben. Das Öffnen der Kiste war eine Ehre, die eigentlich dem Prinzen gebührt hätte, aber er verzichtete und ließ Gisela den Vortritt, weil sie nicht nur die Fesseln gelöst, sondern auch dem Räuber ins Gewissen geredet hatte. Der Deckel öffnete sich unter einem lauten Knarren, und das Mondlicht brachte den Inhalt der Kiste zum Glänzen.

„Großartig“, schwärmte der Räuber, „Gold, Edelsteine und Geschmeide.“

„Wie schön“, sagte der Prinz besonnen. „Dann ist es nun an der Zeit, ein paar Entscheidungen zu treffen.“

„Da bin ich sehr gespannt“, entgegnete der Hofmeister.

„Als Erstes“, verkündete der Prinz, „bestimme ich, dass ein Schloss gebaut wird.“

„Da bin ich aber begeistert“, freute sich der Hofmeister.

„Als Zweites“, fuhr der Prinz fort, „bestimme ich, dass mein Hofstaat vergrößert wird.“

„Hofstaat?“, fragte der geläuterte Räuber.

„Der Hofstaat des Prinzen“, erklärte der Hofmeister, „ist das Regierungspersonal, das ihm direkt untergeben ist. In seinem besonderen Fall ist er nicht an einen bestimmten Raum gebunden. Und bislang bin quasi ich allein sein Hofstaat.“

„Die hier anwesende Gisela wird zur Friedensministerin ernannt“, sagte der Prinz feierlich. „Und der ehemalige Räuber wird Minister für innere Angelegenheiten und Leibwache.“

Im Kleiderschrank gab es Ersatzräder für den Notfall, und die schraubte der neue Leibwächter, nachdem er sich des Prinzen Blaumann und entsprechendes Werkzeug geliehen hatte, an die Schatzkiste. Da sie zu viert waren und keine Eile hatten, konnten sie so Kleiderschrank und Kiste ohne große Mühen mitnehmen.

Es vergingen nun einige Wochen, und schließlich präsentierte der Prinz seinem Hofstaat das Schloss, dessen Fertigstellung gerade abgeschlossen war.

„Entschuldigung“, sagte der Hofmeister zögerlich. „War nicht von einem Schloss die Rede? Sieht mehr nach Kutsche aus, möchte ich meinen. Wenn auch von enormer Größe!“

„So kann man es leichter bewegen“, erklärte der Prinz und deutete auf die Räder. An beiden Seiten waren jeweils sieben Wagenräder angebracht. Um dem Hofstaat das Schieben zu ersparen, ließ der Prinz zwölf Pferde vor sein Schloss spannen. Das erleichtere vor allem die Arbeit des Hofmeisters. Dennoch verdrehte der erst einmal wieder die Augen.

„Das entspricht der Prinzenwürde zwar auf der einen Seite ein wenig mehr“, meinte er, „aber auf der anderen ist es wieder ganz typisch für Euch.“

„Du willst doch nicht schon wieder nörgeln?“, entgegnete der Prinz.

„Keinesfalls!“, sagte der Hofmeister und schaute dann für einen kurzen Moment beleidigt aus dem Fenster.

Als die Fahrt losging, lernte er schnell die Vorzüge dieses kutschenartigen Schlosses kennen. Und bereits nach drei Stunden hätte er sich keine bessere Lösung mehr vorstellen können. Das lag nicht zuletzt auch daran, dass der Innenminister und Leibwächter auch ein hervorragender Kutscher war.

So reisten sie durch das gesamte Königreich, immer dorthin, wo sich der Prinz gerade gebraucht fühlte. Und wenn sie nicht gestorben sind, dann sind sie heute noch unterwegs.

Die Höhle der tausend Wünsche

Zu der Zeit, als das Wünschen noch geholfen hat, zumindest meistens, da gab es einmal eine wunderschöne Königstochter. Ihr Vater war bekannt für seinen Reichtum. Er war zudem ein in jeder Hinsicht großzügiger Mann. Dies merkte man nicht nur an den Geschenken, die er anderen machte, sondern auch daran, dass er für sein Volk Erleichterungen auf den Weg brachte, wo immer es möglich war. Für die Prinzessin war die Großzügigkeit ihres Vaters praktisch, da sie viele Wünsche hatte. Vor allem liebte sie Tiere über alles und bekam regelmäßig welche geschenkt. So wurde der Schlossgarten nach und nach zu einem Zoo.

„Ich wünsche mir ein Pferd", sagte sie eines schönen Tages zu ihrem Vater.

„Ein Pferd?", fragte der König seine Tochter. „Du besitzt doch schon zehn Pferde. Wozu brauchst Du ein elftes?"

„Aber es ist bislang kein Schimmel dabei", entgegnete die Prinzessin, „und ich möchte doch so gern einen Schimmel haben."

Sie bekam ihren Schimmel und verbrachte viel Zeit mit ihm. Als sie ein paar Tage später vom ersten längeren Ausritt zurückkam, lächelte sie zufrieden.

„Der Schimmel ist wunderbar", sagte sie. „Selten hat ein Ausritt so viel Freude gemacht."

Dann war es einige Tage ruhig, bis die Prinzessin einen neuen Wunsch verspürte. Eines Abends beim Blick in den Himmel kam ihr die Idee. Erst war es nur so ein Gefühl, und dann war der Wunsch auf einmal da.

„Die Sterne glitzern am Himmel wie prächtige Silbertaler", schwärmte sie. „Gerne hätte ich einen Stern! Ganz für mich allein."

Damals wusste man noch nicht viel über Sterne. Aber man ahnte einiges. Der König hielt diesen neuen Wunsch seiner Tochter für einen Scherz. Er lachte und schüttelte den Kopf.

„Ja", meinte er. „Die Sterne sind schön. Aber erreichen kann sie kein Mensch. Und ein Bild von ihrer Größe können wir uns auch nicht machen. Aber wann immer Du in den Nachthimmel schaust, kannst Du Dir vorstellen, dass einer von ihnen Dir gehört."

Da sah die Prinzessin die Erfüllung eines Wunsches zum ersten Mal gefährdet, und ihre Laune verschlechterte sich.

„Schick doch einen Deiner Soldaten los", schlug sie vor. „Der kann mir helfen, einen Stern zu holen."

„Was redest Du da?", fragte der König. „Kein Mensch kann Dir einen Stern holen, auch meine tapfersten Soldaten nicht."

Das war das erste Mal, dass er einen Wunsch seiner Tochter nicht erfüllen konnte, so gern er es auch getan hätte. Die Prinzessin war eine Zeit lang niedergeschlagen, dann aber dachte sie, dass sie sich damit nicht zufriedengeben musste.

„Das kann kein Mensch", sagte sie zu sich selbst. „Mag sein. Aber ein Lampengeist wird es schon können."

Sie spann den Gedanken noch ein wenig weiter, und schließlich kam sie zu einer Erkenntnis: „Es wäre doch für alle sehr praktisch, wenn ich einen Lampengeist hätte", dachte sie. „Dann müsste ich nicht für jeden Wunsch meinen Vater bemühen. Der hat schließlich auch noch anderes zu tun."

Am nächsten Tag hatte sie einen Plan gefasst und wandte sich erneut an ihren Vater.

„Ich möchte einen kleinen Ausflug unternehmen“, sagte sie. „Dazu brauche ich einen Deiner Soldaten, damit der auf mich aufpasst, und einen Deiner fliegenden Teppiche, damit ich schnell vorankomme.“

Der König fand es sehr ungewöhnlich, dass die Prinzessin ihn um etwas bat, das er nicht erst kaufen oder bauen lassen musste. So dachte er nicht weiter darüber nach und erlaubte es ihr. Fliegende Teppiche gab es einige im Schloss. Die hatte der König einmal von einer Reise mitgebracht, nutzte sie aber selten.

Die Prinzessin nahm also kurz darauf auf einem dieser fliegenden Teppiche Platz. Vor ihr saß ein treuer Soldat ihres Vaters. Er war mit einem Schwert bewaffnet und zudem ein erfahrener Teppichpilot. Bald schon sauste der Teppich über die Landschaft hinweg.

„Frau Prinzessin“, sagte der Soldat. „Wir haben nun unsere optimale Reisegeschwindigkeit und Flughöhe erreicht. Wo genau soll die Reise hingehen?“

„Wenn ich das wüsste“, grübelte die Prinzessin vor sich hin. „Ich brauche einen Lampengeist. Und Lampengeister wohnen doch für gewöhnlich in magischen Wunderlampen. Aber wo bekommt man die?“

„Wir können ja mal auf dem Markt Ausschau halten“, schlug der Soldat vor.

Er steuerte auf eine kleine Stadt zu und landete in einer unbelebten Gasse, um nicht viel Aufsehen zu erregen. Dann rollte er den Teppich zusammen und legte ihn sich über die Schulter, bevor er die Prinzessin über den Marktplatz führte. Hier wurden an vielen kleinen Ständen die unterschiedlichsten Dinge angeboten: Töpfe, Teller, Decken, Teppiche, Schmuck, Lampen und vieles mehr. Auch Gewürze und Tee gab es zu kaufen, und so verbreitete sich überall ein Duftgemisch, dass würzig, scharf und zugleich süß war.

Die Händler priesen lautstark ihre Waren an, und die Kunden kauften oder stritten sich mit ihnen über den Preis. Auf ihrem Weg über den Markt fragten sie alle Händler, die Kerzen, Öllampen oder ähnliches anboten, aber niemand hatte eine Wunderlampe.

„Wenn ich eine hätte, würde ich sie wohl kaum verkaufen", meinte ein alter Kerzenmacher grinsend. „Da wüsste ich sicher etwas Besseres!"

Bald flogen sie weiter in eine zweite und eine dritte Stadt; da war es zunächst das gleiche. Niemand wusste etwas über Wunderlampen. Doch dann trafen sie eine Gewürzhändlerin, und die erzählte, dass der Bruder der Nachbarin ihres Cousins jemanden kannte, der schon einmal die Dienste eines Lampengeistes in Anspruch genommen hatte.

„Wo finden wir diesen Mann?", fragte die Prinzessin. „Vielleicht kann der uns weiterhelfen."

Da sagte die Gewürzhändlerin den Namen einer Stadt, den die Prinzessin und der Soldat noch nie gehört hatten. Und dann sagte sie: „Er soll der reichste Kaufmann dieser Stadt sein! Man erzählt sich, das Dach seines Hauses sei aus purem Gold."

Sie dankten der Alten und machten sich auf den Weg. Es war ein längerer Flug zu der Stadt, zu der sie sich nach und nachdurchfragen mussten.

„Wer ist hier der reichste Kaufmann?", fragten sie dort angekommen die Leute, doch die meisten zuckten nur mit den Schultern.

Schließlich wies man sie auf ein Haus hin, und als sie sich näherten, sahen sie schon von weitem, dass es kein goldbedecktes Dach hatte. Vor dem überraschend bescheiden wirkenden Haus saß ein Mann in einem Schaukelstuhl und döste. Die Prinzessin hatte Zweifel, dass sie hier richtig waren.

„Guten Tag“, sagte der Soldat.

Der Mann öffnete lächelnd die Augen und erwiderte den Gruß.

„Kannst Du mir helfen, eine Wunderlampe zu finden?“, fragte die Prinzessin.

Der Mann schüttelte den Kopf.

„Leider nein“, sagte er. „Es gibt eine in der Höhle der tausend Wünsche. Den Weg aber muss man allein finden. Auch wer dort war, kann sich danach nicht an den Weg erinnern.“

Sie dankten dem Mann und machten sich wieder auf den Weg. So glitt der Teppich bald wieder durch die Lüfte, aber sie flogen ohne Richtung, nur mit der vagen Vorstellung eines Ziels. Stunde um Stunde flogen sie, und das Sehnen der Prinzessin wurde größer und größer.

Da sahen sie auf einmal eine Sternschnuppe. Mitten am Tag. Das versetzte die Prinzessin in helle Aufregung. Der Soldat folgte dem Kurs, den sie vorgab, und so kamen sie zu einem Felsen inmitten karg bewachsener Felder. Bald entdeckten sie ein verschlossenes Tor in der Felswand, und davor saß ein gut gekleideter Gnom auf einem Baumstumpf.

„Guten Tag“, sagte dieser. „Was wünscht ihr bitte?“

„Ich wünsche eine Wunderlampe“, entgegnete die Prinzessin.

„Offenkundig“, meinte der Gnom. „Niemand kommt zur Höhle der tausend Wünsche, ohne sich eine Wunderlampe zu wünschen. Ich meinte: Wozu benötigt ihr die Wunderlampe? Welchen Wunsch soll Euch der Lampengeist erfüllen?“

„Es gibt viele“, sagte die Prinzessin.

„Den ersten möchte ich wissen", forderte der Gnom. „Welcher Wunsch war ausschlaggebend für die Suche nach der Wunderlampe?"

„Ich wünsche mir einen Stern vom Himmel", antwortete die Prinzessin.

„Alles klar", meine der Gnom. „Du bist also eine Frau für die ganz großen Wünsche. Das Unmögliche ist gerade gut genug, was? Der Eintritt kostet Dich drei Goldmünzen. Dein Begleiter darf kostenlos mitkommen, sofern er keine eigenen Wünsche hat."

Die Prinzessin zahlte, woraufhin der Gnom vom Baumstumpf hüpfte, diesen anhob und darunter einen Schlüssel hervorholte. Damit öffnete er das Tor.

„Viel Erfolg", sagte er.

Langsam traten die Prinzessin und der Soldat an ihm vorbei. Hinter ihnen wurde das Tor wieder verschlossen. Die Höhle war mit Kerzen und Fackeln beleuchtet. Ein schmaler Gang führte sie zu einem Raum. Darin gab es nichts außer einem steinernen Tisch, auf dem die ersehnte Wunderlampe stand, und die sah zunächst einmal unscheinbar aus.

„Die ist ja ziemlich schmutzig", sagte die Prinzessin enttäuscht. „Ich hatte sie mir prächtiger vorgestellt: Funkelnd und glänzend."

„Ihr müsst Sie putzen", meinte der Soldat. „Das ist doch der Witz bei der Sache."

Da sie kein Tuch dabeihatte und ihre Kleidung, bedingt durch die Reisestrapazen, sowieso schon einige Flecken aufwies, putzte die Prinzessin die Wunderlampe einfach mit ihrem Rockzipfel. Sofort erwachte sie zum Leben. Sie ruckelte in den Händen der Prinzessin hin und her und drohte, jeden Moment davonzuspringen, bis auf einmal laut zischend Rauch aus ihr heraussprühte. Als der sich dann langsam verzog, kam der Lampengeist zum Vorschein.

„Einen schönen guten Tag miteinander“, rief er den beiden erfreut entgegen. „Mal sehen! Wen haben wir denn hier?“

Er rieb sich die Augen und betrachtete die beiden Besucher.

„Ah“, sagte er schließlich. „Eine Prinzessin. Und eine hübsche noch dazu. Ich werde verwöhnt auf meine alten Tage!“

„Guten Abend“, entgegnete die Prinzessin und freute sich darüber, dass der Lampengeist sie hübsch fand.

„Alles klar“, sagte der Lampengeist. „Und Dein Begleiter ist wohl eine Art Leibwächter, was?“

„Genau“, meinte der Soldat verlegen, „ich passe auf sie auf.“

„Dann ist ja alles klar“, sagte der Lampengeist nickend. „Ich bin, wie Ihr Euch sicher denken könnt, der Lampengeist.“

„Gut“, meinte die Prinzessin. „Wie läuft das denn nun mit meinen Wünschen?“

„Na schön“, entgegnete der Geist. „Kein Gespräch vorab. Kommen wir gleich zur Sache. Wozu lange um den heißen Brei herum reden! Also: Du hast das große Los gezogen, denn ich werde Dir drei Wünsche erfüllen.“

Der Geist lächelte zunächst, wunderte sich aber dann, weil die Prinzessin nicht erfreut wirkte.

„Aber wieso denn nur drei?“, fragte sie.

„Das ist so, wie es ist“, sagte der Geist. „Ich mache die Regeln ja nicht. Aber mal ehrlich: Mehr als drei erfüllte Wünsche sind gar nicht nötig. Manch einer wird sogar mit einem einzigen erfüllten Wunsch glücklich. Man muss sich nur das Richtige wünschen. Richtiges Wünschen ist eine hohe Kunst. Wohl dem, der sie beherrscht. Mit oder ohne Lampengeist.“

„Na, wir wollen mal sehen“, entgegnete die Prinzessin. Dann dachte sie einen Moment nach, und schließlich wusste sie, wie sie ihren ersten Wunsch formulieren musste: „Ich wünsche mir tausend Wünsche.“

„Bist Du Dir sicher“, fragte der Geist. „Das ist ...“

„Tausend Wünsche“, bestätigte die Prinzessin.

„Tausend Wünsche“, wiederholte der Geist mit einem Nicken und krempelte die Ärmel hoch. „Kommt sofort.“

Im nächsten Moment geschah etwas Seltsames: Die Prinzessin fühlte sich nicht mehr wohl. Sie war benommen, und ihr war schwindelig. Alles um sie herum schien sich plötzlich zu drehen. Sie musste sogar Halt an der kalten Höhlenwand suchen.

„Was ist denn nun los?“, fragte sie.

„Ganz einfach“, erklärte der Lampengeist. „Du hattest Dir tausend Wünsche gewünscht. Diese tausend Wünsche spürst Du nun in Dir. Und wenn man tausend Wünsche gleichzeitig hat, dann kann einem schon mal schwindelig werden.“

Der Soldat wollte ihr helfen, aber er wusste nicht wie und konnte nur mit den Achseln zucken. Der Lampengeist sah ihn an und zwinkerte ihm zu: „Anfängerfehler! Du ahnst nicht, wie viele das versuchen.“

„Ich wollte aber doch“, sagte die Prinzessin zum Lampengeist, „dass Du mir tausend Wünsche *erfüllst.*“

„Das hast Du aber nicht gesagt“, entgegnete dieser und winkte ab. „Du hast gesagt, dass Du Dir tausend Wünsche *wünschst*, und die hast Du bekommen. Tausend Wünsche *erfüllen* kann ich Dir gar nicht. Nur drei, und von denen ist nun einer verbraucht.“

„Dann wünsche ich mir mit dem zweiten Wunsch“, sagte die Prinzessin, „dass Du mir meine tausend Wünsche erfüllst.“

„Das geht nicht“, antwortete der Geist. „Von Deinen drei möglichen Wunscherfüllungen sind doch nur noch zwei übrig.“

Der Soldat folgte dem Gespräch der beiden sehr genau. Er hätte niemals geglaubt, dass das Wünschen eine so komplizierte Angelegenheit sein konnte.

„Dann wünsche ich mir eben, dass ich keine Wünsche mehr habe“, sagte die Prinzessin schließlich.

„Keine Wünsche“, wiederholte der Geist. „Kommt sofort.“

Da spürte die Prinzessin auf einmal keine Wünsche mehr. Selbst der Wunsch nach dem Stern, der sie ja eigentlich hierher geführt hatte, war nicht mehr da.

„Das ist ja seltsam“, meinte die Prinzessin. „Ich fühle mich auf eine ganz ungewohnte Weise wohl.“

„Du bist für den Augenblick wunschlos glücklich“, erklärte der Geist.

„Wenn man aber keine Wünsche mehr hat“, fragte der Soldat, „wie kann man dann glücklich sein?“

„Sehr gute Frage“, lobte der Lampengeist. „Das hat damit zu tun, wie man das Wort *Wunsch* genau versteht. Für die Prinzessin ist ein Wunsch das Streben nach kostenbaren Besitztümern. Wünsche dieser Art hat sie für den Moment nicht, dafür spürt sie vielleicht andere, denn ganz ohne Wünsche geht es nicht.“

„Ich verstehe“, sagte der Soldat.

Dann wandte sich der Lampengeist an die Prinzessin, die aufmerksam zugehört und darüber nachgedacht hatte: „Was machen wir denn nun mit Deinem dritten Wunsch?“

„Nichts“, sagte diese. „Alles ist gut.“

„Und dazu waren nur ganze zwei Wunscherfüllungen nötig“, stellte der Geist erfreut fest. „Wie ich es von vornherein gesagt habe. Drei erfüllte Wünsche braucht man meistens gar nicht. Oft genügen einer oder zwei."

„Das ist sehr erstaunlich", meinte der Soldat.

Man nahm Abschied, und der Lampengeist zog sich wieder in seine Wunderlampe zurück. Der Gnom verlangte eine weitere Goldmünze dafür, dass er das Tor noch einmal öffnete, um die Prinzessin und den Soldaten hinauszulassen. So verließen sie die Höhle, um kurz darauf mit ihrem Teppich zurück zum Schloss zu fliegen. Beide hatten das Gefühl, ein großes Abenteuer bestanden zu haben. Bei Hofe freute man sich über ihre Rückkehr. Drei Tage später frühstückte die Prinzessin gemeinsam mit ihrem Vater. Es gab Blaubeerpfannkuchen. Das war ihr Lieblingsgericht.

„Und", fragte der König, „hast Du neue Wünsche?"

„Ich hätte wirklich gerne einen Schaukelstuhl", antwortete die Prinzessin.

„Ich kann Dir einen kaufen oder anfertigen lassen", schlug der König vor. Wünsche wie dieser waren leicht zu erfüllen.

„Nein, nein", meinte aber die Prinzessin. „Bestimmt haben wir noch einen im Keller."

„Ja", wusste der König, „da ist schon noch einer, aber der ist alt und beschädigt."

Da leuchteten die Augen der Prinzessin, und nach dem Frühstück holte sie den alten Schaukelstuhl persönlich aus dem Keller, um ihn von Staub und Spinnweben zu befreien. Mit Hilfe des königlichen Hausmeisters setzte sie ihn wieder instand. An sonnigen Tagen konnte man die Prinzessin von nun an häufig im Garten antreffen, wo sie im Schatten eines Baumes in ihrem Schaukelstuhl saß und sich des Lebens freute.

Die Stimme aus dem Brunnen

Es war einmal eine wunderschöne Prinzessin, die lebte in einem piekfeinen Schloss, das von prächtigen und außerordentlich großzügigen Gartenanlagen umgeben war. Ihre Schönheit blieb nicht lange unbemerkt. Viele schauten sich nach ihr um. Einige Männer hatte sie kennengelernt und fand auch die meisten sehr freundlich. Aber verliebt hatte sie sich bislang nicht.

Eines Tages ging die Prinzessin zum Pferderennen. Sie saß auf der Tribüne, bewacht von vier Soldaten, und beobachtete das Renngeschehen und vor allem die prächtigen Pferde. Da fiel sie einem jungen Baron auf. Der sah immer wieder heimlich zu ihr hinüber. Und weil sein Herz so aufgeregt pochte, wandte er sich bei guter Gelegenheit an einen ihrer Soldaten und fragte, wer die schöne junge Dame sei.

„Das ist die Prinzessin Isabella", verriet der Soldat, sagte dem Baron auch, in welchem Schloss sie lebte, und gab ihm obendrein noch einen Tipp: „Sie ist zwar wählerisch und vorsichtig, aber auch sehr romantisch."

Der Baron dachte immer wieder an sie, und drei Tage später fasste er einen Entschluss. Er wollte sie besuchen. So kaufte er für sie eine schöne Rose und eine köstliche Schokolade. Am späten Nachmittag sprach er beim Oberschlosswächter vor und durfte passieren. Er trat er in den Schlossgarten und staunte.

„Wunderschön!", schwärmte er. „Und diese prachtvolle Pflanzenauswahl."

Auch die Größe und parkähnliche Aufteilung begeisterten ihn. So schlenderte er und besah alles, bis er schließlich ins Stocken geriet. Da waren drei Nacktschnecken, die sich am Salatbeet zu schaffen machten. Mit einem Schlag erbleichte er und nahm lieber einen Umweg.

Schließlich näherte er sich dem Schloss von der anderen Seite und nahm es gründlich in Augenschein. An der Südseite gab es im ersten Stock einen wunderschönen Balkon mit kleinen Vogelhäuschen und bunten Blumen. Das musste der Balkon der Prinzessin sein, vermutete er und warf ein Steinchen an ihr Fenster. Es dauerte gar nicht lange, da wurde es geöffnet.

„Ja bitte?“, rief die Prinzessin hinunter.

„Ich bin es“, sagte der Baron.

„Das kann ja jeder sagen“, schmunzelte die Prinzessin.

„In der Tat“, stellte er fest. „Und jeder hätte Recht. Nun ja! Prinzessin Isabella! Ich habe Dich vor drei Tagen beim Pferderennen gesehen und musste viel an Dich denken. Nun habe ich ein kleines Geschenk für Dich.“

„Das trifft sich gut“, entgegnete lächelnd die Prinzessin. „Mir war gerade ein wenig langweilig. Da kommt ein Geschenk genau richtig. Aber bevor ich es annehme, wüsste ich gern Deinen Namen.“

„Ich bin Baron Marquart von Giesenheim.“

„Wunderbar“, sagte die Prinzessin. „Und wie komme ich jetzt an mein Geschenk?“

„Momentchen“, rief der Baron und schaute sich um. Schließlich fand er eine lange Leiter, die an einem Apfelbaum stand.

Er nahm sie mit, lehnte sie an den Balkon und stieg empor. Die Prinzessin schaute ihm gespannt dabei zu und musste immer wieder schmunzeln. Zwar drohte der Baron nicht gerade hinunterzufallen, aber man sah ihm schon an, dass er über wenig Erfahrung im Leitersteigen verfügte. Schließlich stand er vor ihr. Nur noch die Brüstung aus Sandstein war zwischen ihnen.

„Ich bitte um Erlaubnis, den Balkon betreten zu dürfen“, sagte er der Form halber.

„Erlaubnis erteilt!“, entgegnete schmunzelnd die Prinzessin und hielt ihm die Hand hin, die er umgehend küsste. Damals machte man das so und war guter Hoffnung, dass die Prinzessin die Hand auch gewaschen hatte.

„Dein Balkon ist sehr schön“, stellte der Baron fest.

„Nur der Balkon?“, fragte Prinzessin Isabella.

„Nein, Du natürlich auch.“

Er überreichte die Rose und die Schokolade, worüber die Prinzessin sich sehr freute. Mehr als das wirkte sich aber aus, dass sie sich tief in die Augen schauten und dabei zunächst ganz vergaßen, miteinander zu sprechen.

Die Prinzessin fand schließlich als erste ihre Worte wieder: „Hast Du Hunger? Wollen wir ein köstliches Möhrensüppchen essen?“

Der Baron nahm die Einladung an. So ließ die Prinzessin auf dem Balkon anrichten. Sie aßen, plauderten und lachten miteinander. Das ging bis tief in die Nacht hinein.

„Es ist Zeit für meinen Schönheitsschlaf“, hauchte schließlich die Prinzessin.

„Aber Du bist doch schon schön“, stellte der Baron fest.

„Danke“, sagte lächelnd die Prinzessin. „Das möchte ich mir erhalten.“

„Bevor ich gehe, muss ich Dir noch eines mitteilen“, sagte der Baron. „Ich möchte Dich unbedingt wiedersehen. Möglichst bald und am liebsten auch möglichst oft.“

„Tja“, erwiderte die Prinzessin. „Ich muss eingestehen, dass ich schon lange keinen so wunderschönen Abend mehr erlebt habe. Dennoch erfülle ich zunächst nur einen Deiner Wünsche. Wir treffen uns bald. Ob wir uns oft treffen, wird sich zeigen."

„Das ist mehr als ich erhofft hatte", sagte der Baron.

Da musste die Prinzessin schon wieder lächeln.

„Gut. Komm doch morgen Abend wieder! Zum Essen. Ich würde mich sehr freuen!"

Der Baron kraxelte die Leiter wieder unbeholfen hinunter, brachte sie zurück zum Apfelbaum und begab sich dann auf den Heimweg. Die Prinzessin hörte aus der abendlichen Dunkelheit seine immer leiser werdenden Schritte und seufzte.

Wie geplant ging sie kurz darauf zu Bett, da sie aber partout nicht schlafen konnte, stand sie bald wieder auf und unternahm einen Mondscheinspaziergang im königlichen Garten. Sie hoffte, dass die frische Luft ihr dabei helfen würde, etwas müde zu werden. So schlenderte sie gemächlich an den Rosen und den Pappeln vorbei bis zum Brunnen.

„Ich glaube, ich habe mich tatsächlich in ihn verliebt", sagte sie lächelnd zu sich selbst und seufzte schwärmerisch.

Da jedoch erklang eine fremde Stimme aus dem Brunnen: „Es wird übel enden!"

Die Prinzessin wurde kreidebleich. Sie schaute sich um, blickte auch in den Brunnenschacht, konnte aber im Dunkeln niemanden entdecken. Was war das für eine sonderbare Stimme gewesen? Woher war sie gekommen?

Doch stärker noch als der Wunsch, diese Fragen zu beantworten, war der Schreck, der ihr in die Glieder gefahren war. Sie lief, so schnell sie konnte, zurück ins Schloss und in ihre Gemächer, wo sie sich unter der Bettdecke verkroch.

Am nächsten Abend kam der Baron wie verabredet zum Abendessen.

„Küss die Hand!“, begrüßte er sie.

Die Prinzessin konnte sich diesmal nicht zu einem Lächeln aufraffen.

„Oh, guten Abend“, sagte sie und klang dabei etwas traurig. „Wie geht es Dir?“

„Was ist los?“, fragte der Baron überrascht. „Du wirkst so niedergeschlagen.“

„Weißt Du“, sagte die Prinzessin mit kraftloser Stimme. „Ich war mir schon sicher, dass ich mich in Dich verliebt hatte, aber da sagte eine sonderbare Stimme aus dem Brunnen, dass es übel enden wird. Und das kann ja wirklich keiner wollen.“

„Wie furchtbar!“, sagte der Baron. „Aber vielleicht gibst Du mir noch eine Chance. Ich möchte der Stimme auf den Grund gehen. Wenn sie uns beide überzeugt, dass es übel enden wird, werde ich Dich natürlich in Ruhe lassen.“

Die Prinzessin war damit einverstanden und hatte wieder ein wenig Hoffnung. Vielleicht war alles nur ein Missverständnis.

So ging der Baron noch an diesem Abend zum Brunnen. Er schaute in den Schacht hinunter, konnte aber genau wie die Prinzessin nichts sehen, das zu einer Erklärung beigetragen hätte. Schließlich machte er sich bemerkbar.

„Hallo!“, rief er. „Gibt es hier jemanden, der Einwände gegen meine Liebe zur Prinzessin hat? Wenn ja, dann spreche er jetzt oder schweige für immer.“

„Es wird übel enden!“, sagte die Stimme.

Ein kalter Schauer lief dem Baron über den Rücken. Er fand die Situation so gruselig, dass er am liebsten nach Hause gegangen wäre, um zu weinen. Aber das half ja nicht. Er wollte die Prinzessin für sich gewinnen, und dafür musste er Mut beweisen. Also kletterte er mit aller Vorsicht in den Brunnenschacht hinunter. Die steinerne Brunnenwand hatte einige Vorsprünge, die ihm Halt boten.

„Ich komme mal näher!“, sagte er bemüht freundlich. „Man wird ja über alles reden können.“

„Es wird übel enden!“

„Was wird übel enden?“, fragte der Baron und machte sich ernstlich Sorgen. „Meine Kletterpartie oder mein Bemühen um die Prinzessin?“

Als er weiter unten auf einem Brett angelangt war, das als eine Art Zwischenebene diente, schaute er sich im fahlen Mondlicht um. Da er aber nicht viel erkennen konnte, nahm er ein Zündholz aus der Tasche und brachte es zischend zum Leuchten.

„Es wird übel enden!“

Die Stimme schien nun sehr nah, und wieder war der Baron verwirrt: „Willst Du mich jetzt auf die Gefahren des Feuers hinweisen?“

Langsam drehte sich der Baron. Dann war das erste Zündholz aufgebraucht, und er entflammte ein zweites. Da wurde er fündig: Vor ihm saß eine fette Unke, die besorgt nach oben schielte. Der Baron ging einen großen Schritt rückwärts, denn wo Ratten oder Spinnen bei anderen Leuten Abscheu erregten, ekelte sich der Baron vor Tieren, die er als glitschig empfand. Fische, Frösche, Schlangen, Nacktschnecken und Unken mochte er weder sehen noch anfassen. Und wenn sie dann auch noch bedrohliche Dinge vor sich hin murmelten, war seine Grenze deutlich überschritten. So löschte er das Zündholz, drehte er sich um und klettere zurück nach oben. Doch dann stockte er in halber Höhe. Wenn er die Prinzessin für sich gewinnen wollte, durfte er nicht aufgeben. Er seufzte und kletterte zurück nach unten.

„Es wird übel enden!“, sagte die Unke.

„Sag das nicht immer!“, forderte der Baron.

Er atmete tief ein und aus und versuchte, seinen Ekel für einen Moment zu vergessen. Es gab nur einen Weg, hier weiterzukommen: Ruhig bleiben und versuchen, die Unke zu verstehen. So sah er sich um und folgte dabei ihrem Blick. Da entdeckte er einen Stein innerhalb des Brunnenschachtes, der offenbar locker saß und den Eindruck erweckte, jeden Moment nach unten stürzen zu können, genau dahin, wo die Unke saß.

„Verstehe!“, sagte der Baron. „Ich werde mich darum kümmern.“

In der Hoffnung, der Unke die Sorgen nehmen zu können, kletterte er wieder ein Stück nach oben und löste den Stein behutsam, bis er ihn in der Hand hielt. Wieder nach unten geklettert, warf er ihn von der Zwischenebene aus in den halb offenen Schacht, wo er ins Wasser plumpste.

„Das Problem wäre gelöst“, stellte er fest. „Es gibt also keinen Grund mehr, schlechte Stimmung zu verbreiten.“

„Es wird übel enden!“

„Also, so langsam wird es anstrengend“, beschwerte sich der Baron.

Die Unke indes schielte weiterhin nach oben, dorthin, wo der lockere Stein gewesen war, und wo sich jetzt ein Loch auftat. Wieder kletterte der Baron ein Stück in die Höhe und schaute in das dunkle Loch, hinter dem sich wohl ein Maulwurfgang offenbarte.

„Sag mal, hast Du Angst vor dem Maulwurf?“, fragte er. „Bedroht er Dich oder frisst er Dir Dein Essen weg?“

„Es wird übel enden!“

Es war das Unbestimmte in den Worten der Unke, das den Baron verzweifeln ließ. Aber er blieb ruhig. Wenn es ihm gelänge, diese Unke zufriedenzustellen, wäre auch die Besorgnis der Prinzessin erledigt. So redete er ihr gut zu: „Vielleicht kannst Du Dich mit dem Maulwurf einigen. Ihr könntet Euch sogar gegenseitig zum Essen einladen. In guter Gesellschaft schmeckt es gleich nochmal so gut!“

„Es wird übel enden!“

Also kraxelte der Baron an der Zwischenebene vorbei noch tiefer nach unten und fischte den mittlerweile glitschigen Stein aus dem Brunnenwasser. Er kletterte mit ihm empor und setzte ihn zurück in das Loch. Damit der Stein nicht in die Tiefe stürzen konnte, drückte er ihn fest hinein. Als Mörtel schmierte er noch feuchte Erde in die Ritzen.

„Es wird übel enden!“, jammerte dennoch die Unke.

Der Baron musste feststellen, dass seine Hände mittlerweile schmutzig und glitschig waren, so sehr wie noch nie in seinem Leben. Möglichst schnell wollte er sich waschen. Mit duftender Seife.

„Es wird übel enden!“, wiederholte die Unke.

„Jetzt reicht's mir!“, sagte der Baron entschlossen. Er packte allen bisherigen Vorbehalten zum Trotz die glitschige, eklige Unke und kletterte mit ihr nach oben aus dem Brunnen heraus.

„Es wird übel enden!“, jammerte die Unke.

„Allerdings“, bestätigte der Baron.

Blind für das silberhelle Mondlicht und die romantische Abendstimmung lief er mit festem Schritt in die dem Schloss entgegengesetzte Richtung. Schließlich kam er zu einem morastigen Tümpel am äußersten Rand der riesigen Gartenanlagen, wo er das lästige Tier kurzerhand absetzte.

„Dies ist Dein neues Zuhause“, erklärte er knapp.

„Es wird ...“, setzte die Unke an.

„Spar Dir Deine Ausführungen, den Rest kann ich mir denken!"

Und damit trat er seinen Rückweg an.

Die Unke saß nun da und schaute sich um. Die Gerüche waren ihr fremd, und auch die Geräusche konnte sie noch nicht einordnen. Da landete neben ihr ein hungriger Storch und öffnete gierig seinen Schnabel.

„Es wird übel enden", sagte die Unke.

Der Storch erschrak und blieb wie versteinert stehen. Er starrte die Unke ungläubig an und versuchte wohl, sich ein Bild der Gefahr zu machen, die ihm hier drohte.

„Es wird übel enden", wiederholte die Unke. Schließlich trat der Storch zwei Schritte rückwärts und flog davon.

Unterdessen stand der Baron unter dem Balkon der Prinzessin und räusperte sich. Da sie auf ihn gewartet und gute Ohren hatte, trat sie an die Brüstung.

„Marquart, bist Du es?", flüsterte sie in die Dunkelheit hinein.

„Ja", antwortete er. „Aber ich weiß nicht, was ich nun machen soll. Ich bin etwas schmutzig geworden, und es wäre mir sehr unangenehm, wenn Du mich so siehst."

„Ach Marquart", sagte sie. „Als Prinzessin sind mir Möglichkeiten gegeben, Dir leicht aus der Patsche zu helfen."

Ein Augenzwinkern später traten zwei Diener ins Freie.

„Die Prinzessin hat uns angewiesen, Euch ein Bad einzulassen, Herr Baron", sagte der eine.

„Und Ihr erhaltet angemessene neue Kleidung, während diejenige, die Ihr nun am Leibe tragt, für Euch gereinigt wird", ergänzte der zweite.

Nachdem er ausgiebig gebadet hatte, wurde der Baron in das Besuchszimmer der Prinzessin vorgelassen, wo Tee und Kuchen serviert waren.

„Tee und Kuchen tief in der Nacht?“, wunderte er sich.

„Tee und Kuchen, wann immer es mir beliebt“, sagte die Prinzessin lächelnd.

So saßen sie eine Weile zusammen, und der Baron fühlte sich erfrischt und gestärkt. Dann erzählte er: „Eigentlich gibt es nicht viel zu berichten. Nur so viel: Wenn Du noch einmal zum Brunnen gehst, sollten keine Unkenrufe mehr zu hören sein.“

Die Prinzessin lächelte: „Unternehmen wir doch einen kleinen Abendspaziergang. Dann muss ich nicht bis morgen warten.“

Der Baron schloss sich nur zu gerne an, denn er genoss jede Minute, die er mit ihr verbringen durfte. Als sie schließlich am Brunnen standen, trat die Prinzessin ganz nahe an den Schacht heran. Sie hielt kurz inne. Dann lächelte sie für einen kaum merklichen Moment und sagte schließlich: „Ich glaube, ich habe mich ein klein wenig in den Baron Marquart verliebt. Es spricht doch hoffentlich nichts dagegen.“

Weder im Brunnen noch außerhalb gab es jemanden, der Bedenken geäußert hätte. Und das war wohl auch gut so, denn die beiden wurden sehr glücklich miteinander.

Prinzessin Isabella brachte einige Wochen nach diesen Vorfällen ein Gesetz auf den Weg, das vom Parlament einstimmig angenommen und vom König unterzeichnet wurde. Es verbot bei Strafe das unbegründete Verbreiten von Zweifeln und schlechter Stimmung. Seitdem haben sich die Unken weitestgehend dahin zurückgezogen, wo ihnen niemand zuhört. Und wenn sie nicht gestorben sind, dann jammern sie noch heute.

Ein Kindermärchen

Weit, weit entfernt gab es vor langer Zeit einmal einen König und eine Königin, die hatten viel und fleißig regiert und sich zudem auch um ihre Kinder gekümmert. Nun waren sie ein wenig erschöpft und hatten mal wieder Urlaub nötig. So setzten sie sich bei Tee und Plätzchen zusammen und schmiedeten Pläne, wohin die Reise für eine möglichst gute Erholung am besten gehen konnte.

„Wir könnten in die Berge zu unserem kleinen Ferienschloss fahren“, schlug die Königin vor. „Das ist so lauschig und gemütlich. Da erholen wir uns spitzenmäßig.“

Der König nickte und streifte mit den Fingerspitzen durch seinen Bart.

„Ja,“ sagte er. „Oder wir fahren in unsere kleine Wasserburg. Du weißt schon: am Rande des Schilfmoors, wo die Frösche immer so nett quaken.“

Die Königin lächelte, denn auch das hätte ihr durchaus gefallen. Allerdings äußerte sie noch eine weitere Idee: „Ich weiß was Besseres: Wir fahren ans Meer!“

Die Augen des Königs leuchteten.

„Ans Meer“, schwärmte er, „wo die salzige Seeluft meinen Bart streichelt.“

Die Königin schloss die Augen und konnte sich schon vorstellen, wie sie mit nackten Füßen am Strand spazieren ging.

„Und wo die Möwen von mir und meiner Schönheit singen“, ergänzte sie.

„So machen wir das“, sagte der König. Und damit war es beschlossene Sache.

Am Meer besaßen sie auch ein Schloss, allerdings war es ein wenig kleiner als die anderen. Man musste mit lediglich zehn Schlafsälen auskommen. In der Königsfamilie aber erfreute es sich allergrößter Beliebtheit. So konnten die Reisepläne endlich ausgearbeitet werden.

Die Urlaubsgarderobe wurde ausgewählt und in einem Schrankkoffer verstaut. Die Königin ließ zudem zwei Lieblingsbücher und der König sein Schachspiel einpacken.

„Ohne meine Zofe fahre ich nicht“, merkte die Königin an.

„Völlig klar“, bestätigte der König. „Und den Koch und den Kutscher nehmen wir auch mit.“

„Und die Kinder!“, ergänzte die Königin.

„Richtig“, bestätigte der König.

Sie hatten zwei Kinder: Der Prinz war noch im Säuglingsalter und wurde die meiste Zeit von der Königin oder der Kammerzofe getragen. Die Prinzessin ging schon in die Schule. Sie wusste genau, was sie wollte, und weil sie im Unterricht gut aufgepasst hatte, konnte sie ihre Anliegen nicht nur mündlich, sondern auch schriftlich vorbringen. Was allerdings die Urlaubsreise anging, war ihre Vorfreude verhalten.

„Ich hoffe, es wird nicht langweilig“, sagte sie. „Ich nehme jede Menge Spielzeug mit.“

Sie schrieb eine entsprechende Liste und setzte das königliche Siegel darunter. Damit war es amtlich, und das Dienstpersonal packte das gewünschte Spielzeug in Kisten.

Durch die Mitreisenden und das Gepäck war die Kutsche nun prall gefüllt. Der Kutscher gab den Pferden das Signal, und somit setzten sie sich in Bewegung, sodass die Kutsche die vorgesehenen Wege in Richtung Urlaubsort fuhr.

Die Prinzessin gehörte zu den geduldigen Kindern und fragte nur einmal pro Stunde, wie weit es noch war. Nach mehrstündiger Fahrt erreichten sie ihr Ziel am späten Abend. Jetzt hätte eigentlich die Zeit des Urlaubs und der Entspannung beginnen können, doch der Königin war nicht wohl.

„Mir ist gar nicht gut!“, sagte sie, als sie aus der Kutsche stieg.

Der König betrachtete sie.

„Du siehst auch scheußlich aus“, merkte er an.

Diese Rückmeldung fasste die Königin nicht besonders gut auf. Sie war es gewohnt, dass man ihr Komplimente entgegenbrachte.

„Ich muss doch sehr bitten“, sagte sie.

„Du bist wunderschön“, verbesserte sich der König, „aber Du wirkst etwas kränklich. Deine Haut ist gelblich, und Deine Nase kräuselig und grün.“

Die Königin nickte. Jetzt fühlte sie sich verstanden.

„Und Fieber habe ich auch!“

Unschöne Sache. Da arbeitet man fleißig, und im Urlaub wird man erst einmal krank. Es gab sonderbare Krankheiten damals. Und das Schlimme war, dass es den König am nächsten Morgen auch erwischte. Gelbe Haut, Fieber und eine kräuselige, grüne Nase.

„Deine Mutter und ich sind krank“, sagte er zur Prinzessin. „Wir müssen nun viel schlafen! Kümmere Du Dich inzwischen um alles und weise das Personal gut ein.“

Damit verabschiedete er sich in das königliche Schlafgemach. Die Prinzessin war zwar noch ein Kind, wusste aber durchaus schon, wie man das Personal einweisen musste.

„Personal!“, rief sie. „Bitte antreten!“

Es dauerte nicht lange, da traten Kutscher, Zofe und Koch in den kleinen Urlaubsschlossthronsaal.

„Ich ernenne Dich zum Ritter“, sagte die Prinzessin zum Kutscher. Der nickte und trat einen Schritt rückwärts.

„Ich ernenne Dich zum Oberritter“, sagte die Prinzessin zur Kammerzofe. Die machte einen Knicks und trat ebenfalls einen Schritt rückwärts.

„Ich ernenne Dich zum Babysitter“, sagte sie abschließend zum Koch. Dem fiel beim Rückwärtsschritt die Kinnlade herunter. Er galt als einer der weltbesten Köche und war nun zur Säuglingspflege abkommandiert.

Der Kutscher bezog wie befohlen als Ritter sofort einen Wachposten.

Die Zofe hatte zunächst noch eine Frage: „Was habe ich zu tun als Oberritter? Oder Oberrittersfrau? Oder so?“

Die Prinzessin war um keine Antwort verlegen: „Gut aufpassen und dem Ritter passende Befehle geben.“

„Alles klar.“

Damit trat auch die Kammerzofe als Oberritter ab und den Dienst an. Der Koch aber rümpfte die Nase.

„Babysitter“, nörgelte er. „Ist das Euer Ernst, werte Prinzessin?“

„Ja“, bestätigte sie. „Mein Bruder muss doch noch wachsen. Das hat viel mit Essen und Trinken zu tun. Daher bist Du am besten geeignet.“

Der kleine Prinz benötigte regelmäßig seinen Möhrenbrei und seine Milchfläschchen. Und dann und wann eine frische Windel konnte auch nicht schaden. Der Koch sah das ein und tröstete sich mit dem Gedanken, dass es ja nur für eine gewisse Zeit war.

„Ich möchte aber weiter Koch genannt werden!“, sagte er.

Damit war die Prinzessin einverstanden.

Nachdem nun alle Aufgaben verteilt waren, konnte die Prinzessin sich um das kümmern, was für sie wichtig war.

„Ich packe jetzt mein Spielzeug und meine Süßigkeiten aus“, teilte sie dem Koch mit, der allerdings nicht zuhörte, weil er sich um den Prinzen kümmern musste. Der weinte und verströmte dazu auch noch einen gewissen Duft.

„Das geht ja gut los!“, stöhnte der Koch. An der Zubereitung des Möhrenbreis störte er sich nicht, aber die Sache mit den Windeln war ihm nicht geheuer.

Der Kutscher musste in seiner neuen Funktion als Ritter einstweilen Wache halten, die Pferde verpflegen und zwischendurch über den Vorplatz patrouillieren. Das tat er, bis die Kammerzofe kam, die ja als Oberritter sein Chef war.

„Ritter! Zu mir!“, sagte sie.

„Ja, Frau Oberritterin?“, meldete er sich. Er fand es sonderbar, sie als *Oberritter* anzureden, weil sie ja nun einmal eine Frau war.

Umgehend erteilte sie einen Befehl: „Ich muss Dich ausschicken! Ein Botengang. Wir brauchen Medizin für die Königin und den König.“

„Sehr wohl!“, bestätigte der Ritter, verbeuge sich und trat seinen Botengang gleich an. Kaum war er ein Viertelstündchen unterwegs, kamen die Kammerzofe und der Oberritter, die ja ein und dieselbe Person waren, ins Nachdenken. Sie hatten tatsächlich etwas vergessen.

„Ach herrje! Die Prinzessin wünschte sich doch ein neues Malbuch. Darum muss ich mich wohl selbst kümmern.“

So brach auch sie auf, was zur Folge hatte, dass der Koch nun mit zwei Kindern und zwei Kranken allein war. Und wie das so ist: Ausgerechnet zu dieser Zeit klopfte es auf einmal an das Tor. Der Koch öffnete und sah im nächsten Moment einem großen, grünen Drachen in die leuchtend gelben Augen. Ein Schreck schoss ihm in die Glieder.

„Oh Gott, ein Drache!", entfuhr es ihm.

„Guten Tag!", sagte der ungewöhnliche Besucher. Seine Stimme klang unerwartet freundlich. „Kann bitte jemand herauskommen und mit mir kämpfen?"

„Nein!", entgegnete der Koch. „Das ist gerade ungünstig. König und Königin liegen krank im Bett. Die Prinzessin ist minderjährig, die Ritter sind unterwegs, und ich muss mich um den Prinzen kümmern."

Aus dem Schloss drang das Weinen des kleinen Prinzen. Der Drache machte einen langen Hals, sah aber nichts, weil der Koch im Weg stand.

„Es geht also nicht?", fragte er.

„Na, Du siehst doch, was hier gerade los ist", meinte der Koch. „Komm morgen wieder."

„Na schön, alles klar", sagte der Drache, und damit wurde das Tor geschlossen.

Der Koch spähte, bevor er sich dem weinenden Prinzen zuwandte, durch ein kleines Loch im Tor und sah, dass der Drache mit hängendem Kopf von dannen zog.

Spät in der Nacht, die Prinzessin war längst freiwillig zu Bett gegangen und schlief, kamen Ritter und Oberritter von ihren Besorgungsgängen zurück.

„Mir ist gar nicht gut!", sagte die Kammerzofe.

„Du siehst auch scheußlich aus", meinte der Kutscher sagen zu müssen.

„Ich muss doch sehr bitten!“, entgegnete die Kammerzofe, die ihm ja als Oberritter vorgesetzt und der Meinung war, dass eine solche Äußerung ungehörig war.

„Du bist wunderschön“, verbesserte sich der Kutscher, „aber Du wirkst etwas kränklich. Deine Haut ist gelblich, und Deine Nase kräuselig und grün.“

Die Kammerzofe nickte. Sie fühlte sich verstanden.

„Und Fieber habe ich auch!“

Sie zog sich in ein Dienstbotenzimmer zurück. Und am nächsten Morgen war der Kutscher ebenfalls krank. Gelbe Haut, Fieber und eine kräuselige, grüne Nase.

Nun musste der Koch sich wirklich um alles kümmern. Dabei hatten in der vergangenen Nacht weder er noch der kleine Prinz ein Auge zugemacht. Immer wieder weinte der Säugling.

„Womit habe ich das verdient?“, fragte sich der Koch.

Und seine Nerven wurden noch mehr herausgefordert, denn bereits in den frühen Morgenstunden klopfte es schon wieder an das Schlosstor. Der Drache lächelte verlegen, als der Koch ihm öffnete.

„Du, schon wieder?“

„Ja“, sagte der Drache. „Überraschung. Ich bin leider etwas ungeduldig. Schick mir doch die Ritter raus, jetzt wird gekämpft.“

Das Weinen des kleinen Prinzen drang aus dem Schloss.

„Entschuldigung“, entgegnete der Koch. „Keine Chance: Vier Erwachsene liegen krank im Bett. Die Prinzessin ist minderjährig, und der kleine Prinz ...“

Er machte eine Pause und begann dann zu schluchzen: „Er will einfach nicht schlafen.“

Der Drache klopfte ihm auf die Schulter.

„Oje! Du bist wirklich nicht zu beneiden.“

Abermals zog er unverrichteter Dinge von dannen, und der Prinz hörte, als er eine frische Windel und etwas Möhrenbrei bekommen hatte, erst einmal auf zu weinen.

„Ich habe Hunger!“, merkte die Prinzessin an, und während der Koch ein großzügiges Frühstück für die Prinzessin und die vier Erkrankten zubereitete, begann der kleine Prinz abermals zu weinen.

Zu allem Überfluss klopfte es bald schon wieder an das Schlosstor. Der Koch trug noch seine Schürze, als er öffnete, und hielt den Prinzen im Arm.

„Was ist denn jetzt?“, fragte er und war mittlerweile der Verzweiflung nahe.

„Wusstest Du, dass wir Drachen Schätze horten?“, fragte der Drache.

Der Koch verstand das als Aufforderung.

„Ich habe auch keinen Schatz, den ich Dir geben könnte!“

„Das weiß ich doch“, sagte verwundert der Drache. „Ihr seid ja nur auf Urlaub.“

„Ja, aber was ist dann?“

Die Geduld des erschöpften Kochs schien nun vollständig aufgebraucht zu sein.

„Ich habe unter meinen Schätzen das hier gefunden“, erzählte der Drache und präsentierte stolz eine goldene Flöte.

„Eine Flöte? Was soll das?“, fragte der Koch.

Der Drache blieb ruhig: „Willst Du mich nicht erst einmal hereinbitten?“

Der Koch war für einen Moment der Auffassung, dass es von nun an nicht mehr schlimmer werden konnte und gewährte dem Drachen Einlass. So betrat man gemeinsam den Thronsaal. Dann machte sich der Koch auf einmal doch wieder Sorgen, dass etwas Ungehöriges passieren könnte.

„Jetzt leg doch mal den Prinzen da vorn in die Wiege“, meinte der Drache. „Und dann nimm Dir die Gitarre, die da hinten in der Ecke steht.“

„Wenn ich ihn allein lasse, weint er aber“, versuchte der Koch geltend zu machen.

„Ist ja nur kurz“, sagte der Drache beruhigend.

Der Koch holte also die Gitarre. Für Widerstand fehle ihm die Kraft.

„Jetzt wippst Du die Wiege langsam mit dem Fuß“, wies der Drache ihn an, „während Du auf der Gitarre spielst. Wir spielen *Guten Abend, gute Nacht.* Ich begleite Dich auf der Flöte. Das wird großartig!“

Das Gesicht des Kochs hätte man sehen müssen. So verdutzt hat wohl selten jemand aus der Wäsche geschaut. Aber er folgte dem Vorschlag des Drachen, und so erklang bald das bekannte Lied, und die Augen des kleinen Prinzen in der Wiege fielen immer weiter zu. Schließlich schlief er tief und fest. Ebenso schliefen die vier Kranken in ihren Betten. Und der Koch, der seltsamerweise gesund blieb, schlief auf dem kleinen Teppich neben der Wiege ein. So war auf einmal alles ruhig und friedlich.

Der Drache betrachtete sich in einem der Spiegel, die im Thronsaal hingen, und sagte: „Wenn niemand kämpfen will, dann eben eine gute Tat. Da geht mir doch selbst auch das Herz auf.“

In dem Moment kam die Prinzessin hereinspaziert. Sie sah den Drachen und wunderte sich über seine Anwesenheit. Der Drache wiederum sorgte sich, dass sie nun vor lauter Angst schreien und alle wieder aufwecken könnte. Doch da war die Prinzessin anders gestrickt.

„Ich will jetzt sofort auf Deinem Rücken sitzen und eine Runde fliegen“, forderte sie.

Auch ein weniger gutmütiger Drache hätte es wohl kaum gewagt, der Prinzessin diesen Wunsch auszuschlagen.

„Ja, dann ...“, überlegte der Drache. „Dann gehen wir am besten nach draußen. Du musst Dich aber gut festhalten.“

Für die Prinzessin war der Flug auf dem Drachen ein wunderbares Abenteuer, das sie in den nächsten Tagen noch oft wiederholte. Die anderen wurden bald wieder gesund, um am Ende gab es doch noch einen schönen Urlaub für alle. Mit Erholung, Baden im Meer und Drachenreiten. Nur der König traute sich nicht, sich auf den Rücken des Drachen zu setzen.

„Papa ist ein Feigling!“, stellte die Prinzessin fest.

„Ich muss doch sehr bitten!“, sagte der König.

Und wenn sie nicht gestorben sind, dann leben sie heute noch gesund und glücklich.

Peter der Prächtige

Im Lande Lugabugien lebte man friedlich und bekam nicht viel mit vom Rest der Welt, was auch daran lag, dass das Reich nicht viel Handel betreiben musste. Man hatte seinen Fischfang, die Landwirtschaft und dazu auch noch Bodenschätze. So war man in der glücklichen Situation, sich selbst versorgen zu können.

Wie es in anderen Königreichen auch üblich war, so wurde der Thron mit dem Tod des Königs an seinen erstgeborenen Sohn übergeben. Und eines Tages, nach dem Tod König Ferdinands des Vierzehnten, wurde sein Sohn Peter zum König Peter dem Dritten gekrönt.

Dieser junge König Peter liebte anders als seine Amtsvorgänger das Reisen und kam auch nach Europa, mit dem Stolz auf sein Land im Rücken und neuen Erfahrungen vor Augen. Er traf sich dort mit anderen Königen, beschaute sich, wie diese ihr Königreich zu führen pflegten, und musste feststellen, dass sich vieles von dem unterschied, was er kannte. Am Ende kam er äußerst schlecht gelaunt zurück nach Hause. Er hielt sich bei der Ankunft gar nicht erst mit dem Ablegen seiner Reisegarderobe auf, sondern rief sofort nach seinem Schatzmeister.

„Schatzmeister“, hallte seine Stimme durch die Flure des Schlosses. „Komm er unverzüglich in den Thronsaal.“

Er setzte sich auf seinen Thron, tippte unruhig mit den Fingern auf die Armlehne und wartete auf den Schatzmeister, der bald vor ihm stand.

„Oh Majestät“, begrüßte dieser den König untertänig. „Ich hoffe, Ihr hattet eine schöne Reise. Was kann ich für Euch tun?“

„Ich möchte das Schloss etwas umbauen“, erklärte König Peter. „Hier und da eine Kleinigkeit. Schatzmeister, was kann er mir über mein königliches Vermögen sagen?“

Der Schatzmeister freute sich über den Tatendrang des Königs. Er zückte sein Notizbuch, in dem er auf Heller und Pfennig nachlesen konnte, wie es um das Geld des Königs bestellt war.

„Nun“, entgegnete der Schatzmeister freundlich, „ein kleiner Umbau dürfte kein Problem sein, Majestät.“

„Dann erhöhe er die Steuern“, befahl Peter der Dritte. „Nur vorsichtshalber.“

„Aber Majestät“, wunderte sich der Schatzmeister, „das Volk zahlt doch die Steuergelder, damit es auch einen Nutzen davon hat. Ihr wisst schon: Unterstützung der Armen, Verbesserung der Straßen, Schulen und Krankenhäuser und so weiter.“

„Dieses Schloss“, entgegnete Peter der Dritte, „ist auf peinliche Art und Weise zu winzig. Die Schlösser in Frankreich sind deutlich größer. Mit einem so kleinen Schloss werde ich zum Gespött. Vor lauter Peinlichkeit tue ich nachts kein Auge zu. Das kann das Volk ja wohl auch nicht wollen.“

Das Volk musste also fortan höhere Steuern zahlen, und ein Architekt wurde beauftragt, das Schloss zu vergrößern. Er hörte sich die Wünsche und Vorschläge des Königs an und schlug die Hände über seinem Kopf zusammen. Dann nahm er gründlich Maß, damit er alle Ecken und Winkel kannte, die es zu verändern galt. Während der König sich auf seinen kleinen Landsitz zurückzog, waren dreitausend Handwerker drei Monate lang beschäftigt. Sie vollbrachten Unmögliches. Als der Umbau abgeschlossen war, fuhr König Peter der Dritte in seiner kleinen Kutsche vor, um das Ergebnis zu bestaunen.

„Majestät", krächzte der Architekt und erläuterte die Neuerungen. „Wir haben drei zusätzliche sehr hohe Türme auf das Schloss gesetzt. Der Thronsaal und die königlichen Schlafgemächer sind nun dreimal so groß wie vorher. Außerdem haben wir ein Waldstück abgeholzt und die Gartenanlage vergrößert und mit drei zusätzlichen Springbrunnen ausgestattet."

„Schau an", nickte der König anerkennend. „Schon deutlich besser. Danke, Architekt. Er kann sich entfernen. Husch, husch!"

König Peter der Dritte ging nun im Schloss auf und ab und war zufrieden. Zum ersten Mal seit seiner Reise konnte er nachts wieder gut schlafen. Doch am nächsten Morgen, als er in den Thronsaal trat, kamen ihm neue Einfälle in den Sinn, und er rief erneut nach seinem Schatzmeister.

„Majestät", begrüßte ihn der Schatzmeister. „Was kann ich für Euch tun?"

„Die Wände sind so leer", stellte der König fest. „Es fehlt an schönen Gemälden. Und überhaupt könnte sich der Architekt in Zusammenarbeit mit einem Künstler einige schöne Verzierungen einfallen lassen. Ist Geld da, ein paar Kleinigkeiten ausführen zu lassen?"

„Ein wenig Geld ist noch da", sagte der Schatzmeister. „Dank der Steuererhöhung."

„Wenn ich es mir recht überlege", murmelte der König, „sind erst einmal Bilder da, wirken Räume oft viel kleiner. Erhöhe er die Steuern erneut, Schatzmeister, und schicke er nach dem Künstler und dem Architekten."

„Wenn Ihr das wünscht", entgegnete der Schatzmeister.

„Und", ergänzte König Peter, der gerade so richtig in Fahrt kam, „ich brauche einen Spiegelmacher. Ich benötige zahlreiche

Spiegel, um mich in all meinen Räumen von allen Seiten betrachten zu können."

„Ihr seid der König", sagte der Schatzmeister und fand diese Tatsache in dem Moment sehr bedenklich.

Das Volk musste also fortan noch höhere Steuern zahlen, und wieder sollte der Architekt das Schloss vergrößern. Zudem wurden ein Künstler und ein Spiegelmacher beauftragt, den Architekten zu unterstützen. Während der König sich auf seinen kleinen Landsitz zurückzog, waren fünftausend Handwerker fünf Monate lang beschäftigt. Sie vollbrachten Unmögliches, und als der Umbau abgeschlossen war, fuhr König Peter der Dritte in einer mittelgroßen Kutsche vor, um das Ergebnis zu bestaunen.

„Majestät", krächzte der äußerst vornehm gekleidete Architekt, „wir haben fünf zusätzliche sehr, sehr hohe Türme auf das Schloss gesetzt. Der Thronsaal und die königlichen Schlafgemächer sind nun fünfmal so groß wie vorher. An den Mauern außen und den Wänden innen finden sich wunderschöne Verzierungen. Außerdem habe ich in Zusammenarbeit mit einem Spiegelmacher einen Spiegelsaal gebaut, in dem Ihr Euch betrachten könnt."

„Ja", murmelte der König. „So kann es sich durchaus sehen lassen. Er kann sich entfernen."

Als nächstes betrat der Künstler den Thronsaal und zeigte dem König seine Gemälde.

„Herrje, Künstler", meinte der König kopfschüttelnd. „Was hat er da gemalt?"

„Gestatten, Majestät?", fragte der Künstler und erlaubte sich, seine Gemälde zu erklären. „Berühmte Schlachten der Weltgeschichte. Bilder vom Krieg sind modern in diesen Tagen."

„Warum das?", fragte der König entsetzt.

„Nun, Majestät“, erläuterte der Künstler, „damit die vergangenen Tage nicht vergessen werden. Besonders nicht die Schrecken des Krieges.“

„Die würde ich sehr gerne vergessen“, widersprach der König. „Und was hat er noch gemalt? Obst und Gemüse? Die Äpfel sehen aber nicht sehr frisch aus!“

„Alles Leben ist vergänglich, Majestät“, erklärte der Künstler.

„Dann male er mich, Künstler“, schlug König Peter der Dritte vor. „Mein Ruhm und meine Pracht sind gewiss nicht vergänglich. Eines Tages werde ich als *Peter der Prächtige* in den Geschichtsbüchern stehen.“

Der Künstler machte sich also erneut an die Arbeit, und der König stolzierte durch den Spiegelsaal, um sich von allen Seiten zu betrachten.

„Ich sehe wirklich prächtig aus“, schwärmte er, „von allen Seiten!“

Doch dann schlug seine Stimmung um, und sein Blick verriet eine neuerliche Unzufriedenheit.

„Eigentlich“, sagte er, „braucht jemand, der so prächtig wie ich ist, eine neue Perücke. Und eine neue Garderobe, wenn ich genau darüber nachdenke. Es kann ja nicht sein, dass ein Architekt vornehmer gekleidet ist als der König.“

Er rief nach dem Schatzmeister, der nicht lange auf sich warten lassen wollte, aber durch die Umbaumaßnahmen und die Vergrößerung des Schlosses neuerdings einen deutlich längeren Weg zu bewältigen hatte.

„Majestät“, sagte er, noch bevor der König zu Wort kam. „Wir sind pleite! Nicht eine kleine Münze ist mehr da.“

Der König winkte ab.

„Mache er sich keine Sorgen. Das Volk zahlt gern noch höhere Steuern. Die Leute wollen schließlich einen prächtigen König mit einer prächtigen Perücke in einem prächtigen Schloss."

„Das meint Ihr nicht ernst?", erkundigte sich der Schatzmeister, und eine mittelschwere Beklommenheit bemächtigte sich seiner.

„Durchaus", sagte der König. „Und nun rufe er nach dem Architekten. Der Spiegelsaal und überhaupt alles muss vergrößert werden. Schon allein der neuen Perücken wegen, die ich zu kaufen gedenke. Sonst passt alles nicht zusammen."

Das Volk musste also fortan noch viel höhere Steuern zahlen, und der Architekt wurde ein weiteres Mal beauftragt, das Schloss zu vergrößern. Während der König sich auf seinen kleinen Landsitz zurückzog, waren siebentausend Handwerker sieben Monate lang beschäftigt. Sie vollbrachten Unmögliches, und als der Umbau abgeschlossen war, fuhr König Peter der Dritte in einer großen Kutsche vor, um das Ergebnis zu bestaunen.

„Majestät", krächzte der unglaublich vornehm gekleidete Architekt. „Wir haben sieben zusätzliche riesige Türme auf das Schloss gesetzt. Der Thronsaal, der Spiegelsaal und die königlichen Schlafgemächer sind nun siebenmal so groß wie vorher. Außerdem haben wir ein Tiergehege geschaffen mit siebenundsiebzig afrikanischen Elefanten."

„Das ist eine sehr feine Idee", lobte König Peter. „Prächtig! Er kann sich entfernen!"

„Wenn ich mir die Bemerkung erlauben darf, Majestät", erlaubte sich der Architekt die Bemerkung, „der Schatzmeister hat mir diesmal meinen Lohn noch nicht ausgezahlt."

„Das wird er bald nachholen", meinte der König. „Entferne er sich nun. Und schicke er den Künstler herein."

Der Künstler trat ein, verbeugte sich vor dem König und klatschte in die Hände. Daraufhin traten einhundert Diener in den Thronsaal, die, einander folgend, der Reihe nach am König vorbeischritten und die einhundert Gemälde des Künstlers zeigten. Peter der Dritte trug eine seiner neuen Perücken und beobachtete das Schauspiel von seinem Thron aus.

„Er hat gute Arbeit vollbracht“, lobte er den Künstler. „Wirklich! Das königliche Gesicht ist wunderbar getroffen.“

„Danke, Majestät“, sagte der Künstler unter einer tiefen Verbeugung.

„Allerdings wäre wohl ein wenig mehr goldene Farbe meiner Prächtigkeit angemessen gewesen“, bemerkte der König.

„Mit Verlaub“, stotterte der Künstler. „Für goldene Farbe reichte das Geld nicht. Und überhaupt hat der Schatzmeister erst ein einziges Gemälde bezahlt.“

„Entferne er sich, Künstler“, meinte der König abwinkend. „Um die Bezahlung muss er sich keine Sorgen machen.“

Wenig später kam auch der Schatzmeister zum König. Dies war für Peter den Dritten eine willkommene Gelegenheit, seinen Unmut zu äußern.

„Schatzmeister“, sagte er also streng. „Kann er mir erklären, warum der Architekt und der Künstler für ihre Arbeit noch nicht bezahlt wurden?“

„Die siebentausend Handwerker wurden auch noch nicht bezahlt“, entgegnete der Schatzmeister. „Es ist kein Geld da.“

„Erhöhe er die Steuern“, entfuhr es Peter dem Dritten in einer für ihn ungewohnten Lautstärke. „Das habe ich schon oft genug gesagt.“

„Das Volk hat auch kein Geld mehr“, entgegnete der Schatzmeister und wurde dabei ebenfalls etwas lauter. „Das ganze Land ist völlig pleite. Dem Staat geht es schlecht.“

„Der Staat? Das bin ich!“, versetzte der König. „Und vom Volk sind mir noch keine Beschwerden zu Ohren gekommen. Er muss sich täuschen, Schatzmeister.“

„Die Leute haben seit Tagen nichts gegessen“, erklärte der Schatzmeister. „Ihnen fehlt die Kraft, sich zu beschweren.“

„Dann gebt Ihnen etwas Kleines aus der königlichen Speisekammer“, meinte der König. „Ich bin kein Unmensch. Niemand soll hier Hunger leiden.“

„Die Vorräte sind erschöpft“, jammerte der Schatzmeister. Im selben Moment knurrte sein Magen und hallte als Echo in allen Ecken des Thronsaals wider.

König Peter der Dritte zuckte erschrocken zusammen. Dann wurde er blass und schien das Unheil zu begreifen, das über dem Land Lugabugien lag.

„So viel Leid“, jammerte er, „hat Peter der Prächtige nicht verdient.“

Es half nur eins: Das Schloss mit allem Drum und Dran musste Stück für Stück verkauft werden. Von den Spiegeln über die Gemälde und Perücken bis zu den afrikanischen Elefanten und schließlich jedem einzelnen Mauerstein. Einige Zeit später hatte sich das Land Lugabugien von den Strapazen erholt, nicht zuletzt, weil der Schatzmeister bei der Veräußerung des Schlosses und dem Auszahlen der Gläubiger großes Verhandlungsgeschick bewiesen hatte.

„Schatzmeister“, rief Peter der Dritte von der königlichen Blumenwiese herüber.

„Was gibt es denn?“, fragte der Schatzmeister streng.

„Ich brauche etwas Geld", sagte Peter. „Bitte!"

„Wozu brauchst Du Geld?", fragte der Schatzmeister noch strenger.

„Ich möchte mir etwas Süßes kaufen", erklärte Peter zaghaft. „Nur eine kleine Schokolade. Die kann doch wohl wirklich nicht schaden."

„Nur bin ich nicht mehr Dein Schatzmeister", erwiderte der Schatzmeister, „sondern der des neuen Königs. Und der hat nun einmal gesagt, dass Du Dir Dein Geld durch fleißige Arbeit verdienen musst."

Da runzelte der ehemalige König Peter der Dritte die Stirn und sah den Schatzmeister hilflos an. Es musste ihm schon peinlich sein, dass man ihn als König quasi abgewählt hatte, wobei dieses Abwählen noch recht friedlich abgelaufen war, denn man hatte ihm lediglich die Krone abgenommen und ihm dabei versehentlich das ein oder andere Haar herausgerissen.

„Jetzt runzele nicht die Stirn, als gäbe es da etwas zu überlegen", sagte der Schatzmeister. „Du bist jetzt Stallknecht. Es hätte Dich weit schlimmer treffen können und vor allem mit scharfer Klinge. Finde Dich damit ab! Du kannst es doch nicht ändern. Also geh jetzt zum Pferdestall und miste kräftig aus."

„Das hat Peter der Prächtige nicht verdient", jammerte Peter.

„Da ist der neue König anderer Meinung", entgegnete der Schatzmeister lächelnd. „Er heißt übrigens *Stephan der Sparsame* und ist beim Volk sehr beliebt."

„Stephan der Sparsame", wiederholte Peter albern. „Er hat aber ein sehr kleines Schloss."

„Und Du", sagte der Schatzmeister lächelnd, „hast einen großen Stall, den es sauber zu machen gilt. Viel Spaß!"

So ist aus Peter dem Prächtigen schließlich *Peter der Stallbursche* geworden. Das Land Lugabugien aber sollte durch seinen neuen König bald weltberühmt sein für seine Bescheidenheit. Aber das ist eine andere Geschichte.

Die Teppichprinzessin

Es war einmal eine Königsfamilie, die war nicht besonders reich, aber was ihr an Geld fehlte, das hatte sie an Herzlichkeit umso mehr. Das kleine, windschiefe Schloss, in dem sie lebte, hätte hier und da dringend eine Reparatur gebraucht, aber weil kein Geld da war, hatte man sich mit den kleinen Schäden abgefunden. Und auch, wenn die Türme etwas schief waren und sich im Wind deutlich zur Seite neigten, konnte man sich in dem Schloss durchaus wohlfühlen, denn zum einen war die Königsfamilie freundlich und behandelte auch Diener und andere Hofangestellte sehr gut, und zum anderen gab es in jedem Raum weiche Kissen und einen kleinen Kachelofen. Selbst der Kerker war einigermaßen gemütlich eingerichtet.

König und Königin hatten einen erwachsenen Sohn. Der Prinz war einer von der Sorte, wie sie in manchen Königreichen zu finden ist: freundlich, gebildet und von vornehmer Erscheinung. Der König und die Königin liebten ihren Sohn und ließen ihn vieles gewähren.

„Prinz ist gar kein schlechter Beruf“, sagte er. „Man hat nicht viel zu tun und kann morgens lange schlafen.“

Die Königin war in diesem Punkt anderer Meinung: „Diese Langschläferei muss mal irgendwann ein Ende haben. Es ist an der Zeit, dass Du mehr Verantwortung übernimmst.“

„Ja, Mama“, entgegnete der Prinz und dachte sich, dass die Königin dies einfach so gesagt hatte, ohne dabei etwas Bestimmtes zu meinen. Doch er täuschte sich.

„Ich finde auch“, ergänzte die Königin, „dass Du alt genug bist, Dir eine schöne Frau zu suchen und zu heiraten.“

„Ja, Mama“, lachte der Prinz und errötete leicht.

„Du wirst ja ganz rot“, bemerkte die Königin. „Hast Du etwa schon eine schöne Frau gefunden?“

„Ja, Mama“, sagte der Prinz verlegen. „Es ist die Dienstmagd, die mir morgens immer den königlichen Tee an mein Bett bringt. Ich finde sie sehr hübsch und bin sogar ein bisschen in sie verliebt.“

„Ach, Mensch“, meinte die Königin. „Die kannst Du nicht heiraten. Die Gesetze verlangen doch, dass Du Dir eine Frau von königlichem Blut suchst. Eine Prinzessin also, keine Dienstmagd.“

„Aber Mama“, protestierte der Prinz. „Man kann doch ein Herz nicht zwingen, in wen es sich zu verlieben hat.“

„Tja“, sagte die Königin. „Die Gesetze sind, wie sie sind. Es tut mir leid! Aber sei nicht traurig, Du wirst schon eine Prinzessin finden.“

Der Prinz dachte über die Worte seiner Mutter nach und war sich sicher, dass er gar keine Prinzessin finden wollte. Er liebte seine Dienstmagd, und diese Liebe wollte er sich nicht ausreden lassen.

Damit nun niemand etwas von ihren Treffen bemerkte, fanden diese fortan im alten Kerker statt. Hier war seit Jahren niemand mehr eingesperrt worden.

„Schau mal“, sagte der Prinz. „Es gibt ein paar Kissen und einen Kachelofen. Es ist recht gemütlich. Nur die Gitterstäbe stören ein wenig. Aber wir lassen die Tür einfach offen.“

„Ich finde es hier gruselig“, wandte die Dienstmagd ein.

„Das liegt wohl daran, dass es hier spukt“, sagte der Prinz. „Aber davon abgesehen haben wir unsere Ruhe.“

Der Spuk hielt sich tagsüber in Grenzen, denn das Schlossgespenst war ein Geist alter Schule. Es wartete stets, bis die

Turmglocke Mitternacht geschlagen hatte, und schwebte erst dann und für genau eine Stunde durch den dunklen und einsamen Kerker.

„Ich spuke grundsätzlich nur um Mitternacht“, sagte das Gespenst. „Man muss die Geisterstunde respektieren.“

Wie allgemein bekannt ist, nehmen es andere Gespenster lange nicht so genau. Aber Tradition und Zuverlässigkeit wurden bei Hofe groß geschrieben, und daran hielten sich ausnahmslos alle. Selbst der Hahn auf dem königlichen Misthaufen krähte sonntags eine Stunde später, weil sich das so gehörte.

Nur der Prinz war mancher Tradition überdrüssig. Vor allem betrübte ihn die Hochzeitstradition. Von Tag zu Tag regte er sich mehr darüber auf, und so fasste er schließlich einen Entschluss, den er zuerst seiner Liebsten mitteilte.

„Hör mal“, sagte er, „diese Heimlichkeiten müssen ein Ende haben, deshalb werde ich etwas unternehmen: Tief im Wald lebt doch eine unheimliche Hexe. Ich werde sie fragen, ob sie uns helfen kann. Vielleicht durch eine Zauberei oder irgendwie so was.“

„Unheimliche Hexen sind aber gefährlich“, gab die Dienstmagd zu bedenken.

Doch der Prinz ließ sich nicht aufhalten. Wenn er einmal einen Entschluss gefasst hatte, dann blieb er auch dabei. Und so verließ er in dieser Nacht den Schutz des elterlichen Schlosses. Das silberne Licht des Vollmondes drang nur an wenigen Stellen durch das Blätterdach. Des Prinzen Knie erzitterten angesichts des dunklen Waldes. Sie erzitterten noch mehr, als der Ruf einer alten Schleiereule erklang. Und kurz darauf, als ein paar Fledermäuse an seinem Kopf vorbeiflogen, zitterten die Knie so stark, dass er kaum noch weitergehen konnte. Schließlich aber hatte er das Hexenhaus gefunden.

„Ah! Da ist es. Ich bin am Ziel“, freute er sich. Doch dann schlug seine Stimmung schlagartig um, und die Angst kam wieder zum Vorschein. „Wenn ich es mir genau überlege, wäre ich allerdings doch lieber wieder zu Hause.“

Doch dann dachte der Prinz an seine geliebte Dienstmagd, und dieser Gedanke gab ihm die Kraft, seinen zitternden Knien zu trotzen und an die Tür der Hexe zu klopfen. Die wurde ihm auch prompt geöffnet.

„Nanu“, sagte die alte Hexe, die sich alle Mühe gab, den Prinzen richtig böse anzuschauen.

„Guten Abend“, sagte der Prinz, der den bösen Blick gar nicht bemerkte. „Ich darf mal reinkommen?“

Und dann trat er mit der Selbstverständlichkeit eines Königssohns an der sich wundernden Hexe vorbei ins Haus und ließ sich in einen Sessel fallen.

„Wer bist Du?“, wollte die Hexe wissen. „Ich bekomme sonst nie Besuch.“

„Ich bin der Prinz“, sagte der Prinz und erzählte der Hexe von seinem Problem. „Meinst Du, Du kannst mir irgendwie helfen?“

„Ich soll Dir helfen?“, wunderte sich die Hexe. „Auf so etwas bin ich gar nicht eingestellt. Ich tue nämlich sonst eher Dinge, die danach Hilfe erforderlich machen.“

„Naja“, murmelte der Prinz. „Es geht gegen die Tradition des Königshauses.“

„Na schön, ich helfe Dir“, sagte die Hexe schließlich. „Wenn es um die Liebe geht, kann ich nicht anders. Ich werde dafür wohl nicht gleich eine Tapferkeitsmedaille oder so etwas bekommen.“

„Wenn Du nicht willst“, meinte der Prinz, „muss ich mich nicht einmal bei Dir bedanken.“

Die Hexe lächelte und krempelte die Ärmel hoch. Dann entzündete sie das Feuer im Herd ihrer Hexenküche, um in einem kleinen Kessel einen Trank zu brauen. Zahlreiche sonderbare Kräuter, Gewürze und Zaubermittelchen rührte sie zusammen und sang dabei ein fröhliches Liedchen.

„Wenn ich Dich so sehe", sagte der Prinz schmunzelnd, „gleichst Du fast einer guten Fee."

Die Hexe erbleichte. „Das ist ja fürchterlich!"

„Es kann aber auch sein", stotterte der Prinz schnell hinterher, „dass ich mich täusche. Ich habe nämlich heute meine Brille nicht auf."

Die Hexe atmete auf, denn sie wusste nicht, dass der Prinz gar keine Brille brauchte. So vollendete sie den Trank, ließ ihn etwas abkühlen und füllte ihn schließlich in ein Fläschchen. Dieses überreichte sie feierlich dem Prinzen, nachdem sie es mit einem Korken verschlossen hatte.

„Diesen Trank soll Deine Liebste morgen um Mitternacht trinken. Und zwar ganz genau mit dem zwölften Schlag der großen Turmglocke. Es darf zu keinem anderen Zeitpunkt sein."

„Na gut", sagte der Prinz. „Und was geschieht, wenn sie den Trank trinkt?"

„Ist doch klar", antwortete die Hexe, merklich stolz auf ihr Gebräu. „Sie verwandelt sich in eine waschechte Prinzessin. Mit Stammbaum und Geburtsurkunde, damit auch alles seine Richtigkeit hat."

Der Prinz freute sich und wollte sich gerade bedanken, aber im letzten Moment fiel ihm ein, dass die Hexe ja darauf bestand, eine böse Hexe zu sein.

„Dann geh ich mal", sagte er also.

„Alles klar, und ganz viel Glück“, erwiderte die Hexe. „Ich drück Euch die Daumen.“

Den nächsten Abend verbrachten der Prinz und die Dienstmagd gemeinsam im Kerker und warteten darauf, dass es Mitternacht wurde.

„Meinst Du wirklich, ich sollte das trinken?“, fragte sie und deutete auf das Fläschchen.

„Ja, ich hoffe, man kann der Hexe vertrauen“, meinte der Prinz mit einem Lächeln.

Dann begann die Glocke hoch oben im Turm, Mitternacht zu schlagen. Prinz und Dienstmagd zählten bis zum letzten Glockenschlag mit.

„Die Glocke hat nur elfmal geschlagen“, meinte die Dienstmagd aufgeregt.

„Ach was“, entgegnete der Prinz. „Wir haben uns bestimmt verzählt. Los, trink schon.“

Die Dienstmagd nippte also vorsichtig an dem Zaubertrank, und weil er nicht so schlimm schmeckte, wie sie befürchtet hatte, trank sie das Fläschchen leer. Der Prinz schaute sie daraufhin erwartungsvoll an.

„Und? Spürst Du schon etwas?“, fragte er.

„Es kribbelt ganz komisch“, bekam er zur Antwort.

Und im nächsten Moment tat der Trank seine Wirkung, und die Dienstmagd verwandelte sich in einen türkischen Wandteppich.

„Du hast Dich in einen Wandteppich verwandelt“, rief der Prinz entsetzt.

„Ich wusste gleich, dass es schief geht“, jammerte die Dienstmagd in Teppichgestalt. Wie es kam, dass sie sprechen konnte, wusste sie selbst nicht. Der Prinz sah sie ganz genau an. Sie war ein schöner roter Teppich mit orientalischen Mustern, aber man konnte weder Mund noch Ohren ausmachen.

Auf einmal schlurfte das Schlossgespenst verschlafen in den Kerker. Es war etwas verwundert, weil es den Prinzen mit dem Teppich antraf. Normalerweise war es hier allein. Doch es dachte sich nichts dabei und sprach den Prinzen an.

„Entschuldigen Sie", bat das Gespenst.

„Wer spricht denn da?", fragte der Teppich ängstlich.

Darüber wunderte sich nun wieder das Schlossgespenst, denn diese weibliche Stimme kam nicht vom Prinzen, der allerdings der einzige im Kerker war.

„Wer spricht denn da?", fragte es erstaunt.

„D-d-d... da ist das Gespenst", stotterte der Prinz, und wieder zitterten seine Knie.

„Guten Abend", sagte das Gespenst. „Ich möchte Sie wirklich nicht belästigen."

„Ach so", entgegnete der Prinz erleichtert.

„Darf ich fragen, was einen Prinzen um diese Zeit in den Kerker treibt?", fragte das Gespenst.

Da erklärte er in aller Kürze, was geschehen war.

„Das ist ja unangenehm", antwortete das Gespenst. „Nicht nur für Euch, sondern auch für mich, denn ich darf als Schlossgespenst nur um Mitternacht spuken. Wenn die Glocke aber um Mitternacht nur elfmal schlägt, weiß ich gar nicht, was ich machen soll. Aber vielleicht habe ich mich auch verzählt."

„Nein", meinte der Teppich, und aus seiner Stimme war eine leichte Verzweiflung zu hören. „Die Glocke hat gewiss nur elfmal geschlagen, das ist doch das Problem."

„Dann leg ich mich wieder hin und schlafe weiter", sagte das Gespenst und schlurfte davon.

Am nächsten Tag wurde klar, weshalb die Glocke nur elfmal zu hören gewesen war. Der alte, treue Glöckner hatte seine Arbeit seit Jahrzehnten gewissenhaft erfüllt. Jede volle Stunde war er in den Glockenturm gestiegen und hatte geläutet. Niemals hatte er sich dabei um eine einzige Sekunde verspätet. Jedoch war er durch sein hohes Alter den Anstrengungen des Treppensteigens und Glockenschlagens eigentlich schon lange nicht mehr gewachsen gewesen. Und so kam es, dass er ausgerechnet in dieser Nacht mit dem elften Glockenschlag einer Überanstrengung erlegen und auf der Stelle mausetot umgefallen war. Eine Staatstrauer wurde angeordnet und das Glockenläuten für einen Tag ausgesetzt.

Der Prinz hängte den Wandteppich behutsam im Kerker auf, und man versuchte, das Beste aus der neuen Situation zu machen.

„Ich glaube, ich kriege die Motten“, sagte der Teppich eines Tages zum Prinzen. „Und staubig bin ich auch. Sag mal, Liebster, könntest Du wohl einen Teppichklopfer besorgen und mich ein wenig ausklopfen?“

Am folgenden Tag wurde ein neuer Glöckner eingestellt, der war zwar etwas jung und unerfahren, aber eben auch um einiges kräftiger als der Dahingeschiedene. Und täglich um Mitternacht bekam das verhinderte Liebespaar Besuch vom Schlossgespenst.

„Guten Abend“, wurde es vom Prinzen begrüßt. „Schön, dass Du kommst. Ich habe etwas Schokolade mitgebracht für uns drei.“

„Das ist nett“, sagte das Gespenst, „aber ich bin ein Geist. Wir Geister sind durchscheinende Wesen und können daher keine Lebensmittel zu uns nehmen.“

„Ich kann auch nichts essen“, sagte der Teppich, „denn ich habe derzeit keinen Mund.“

Also ging man arbeitsteilig vor: Der Teppich erzählte Abend für Abend ihre traurige Liebesgeschichte, während der Prinz voll

Kummer die Schokolade lutschte und das Gespenst mitfühlend zuhörte.

„Ich finde Eure Situation höchst unerfreulich“, sagte das Gespenst nach dem dritten Hören der Geschichte. „Und wer ist daran schuld? Völlig veraltete Gesetze. Jeder Mensch darf aus Liebe heiraten, nur der Prinz nicht. Wo kommen wir denn da hin?“

„Also, ich finde es auch sehr ärgerlich“, meinte der Prinz. „Aber meine Eltern sind nun mal hartnäckig, wenn es um Traditionen geht.“

„Ach ja?“, entgegnete das Gespenst mit funkelnden Augen und einem breiten Grinsen. „Das wollen wir doch mal sehen.“

Mit diesen Worten verließ es den Kerker und schwebte gradewegs in das königliche Schlafzimmer. Der König wollte der Königin gerade ein Gute-Nacht-Küsschen geben, doch als das Gespenst in den Raum schwebte, erstarrte er und wollte seinen Augen nicht trauen. Die Königin wunderte sich zunächst darüber, dass der König erstarrt war, und als sie den Kopf zur Seite drehte und das Schlossgespenst bemerkte, schrie sie kurz auf, um dann in Ohnmacht zu fallen.

„Es tut mir leid, wenn ich störe“, sagte das Gespenst, „aber ich finde, es ist an der Zeit, in diesem Laden einiges zu ändern.“

„Was soll denn geändert werden?“, fragte der König und hielt seine Bettdecke wie einen Schutzschild vor sich.

„Der Prinz sollte doch aus Liebe heiraten dürfen“, sagte das Gespenst sehr bestimmt, „findet Ihr nicht?“

„Sicher“, meinte der König und lächelte diplomatisch.

Am nächsten Morgen dann beim Frühstück waren der König und die Königin etwas blasser als sonst. Auch hatte die Königin nur wenig Appetit, was für sie sehr ungewöhnlich war.

„Dein Vater und ich“, sagte sie schließlich zum Prinzen, „hatten eine schlaflose Nacht. Wir haben nachgedacht und uns entschlossen, die Gesetze zu ändern. Wir wollen ein modernes Königreich sein. Du darfst also heiraten, wen Du willst.“

„Wen ich will?“ vergewisserte sich der Prinz, der über diese Entwicklung auf der einen Seite sehr erfreut war. Auf der anderen Seite aber dachte er daran, dass sich die Teppichverwandlung gewiss hätte verhindern lassen, wenn der König und die Königin ihre Meinung schon früher geändert hätten.

„Wen Du willst!“, bestätigte die Königin. „Von mir aus auch einen türkischen Wandteppich.“

Das hatte sie nicht wörtlich gemeint, sondern willkürlich dahingeplappert, um dem Prinzen das Gefühl zu geben, dass er tatsächlich heiraten konnte, wen er wollte. Sie dachte nicht im Traum daran, dass jemand tatsächlich einen türkischen Wandteppich zu heiraten gedachte. Schon gar nicht ihr Sohn. Als aber der Prinz ganz ernsthaft ebensolche Absichten verkündete, fiel die gute Königin abermals in Ohnmacht. Aber gesagt war gesagt, und so fand die sonderbare Hochzeit bereits drei Tage später statt. Prinz und Wandteppich wurden offiziell miteinander vermählt.

Und in dieser Nacht, der Hochzeitsnacht, stieg der neue Glöckner wieder einmal die vielen Stufen in den Glockenturm hoch. Nur hatte er bei der Hochzeitsfeier das eine oder andere Glas zu viel auf das Brautpaar getrunken, und als er um Mitternacht die Glocke zwölfmal schlagen wollte, kam er mit dem Zählen durcheinander. So läutete er nicht zwölf-, sondern dreizehnmal.

„Das waren ja diesmal dreizehn Schläge“, sagte die Teppichprinzessin erstaunt.

„Ja“, bestätigte der Prinz, der sich auch schon darüber gewundert hatte. „Ist mit dir alles in Ordnung? Du zuckst so seltsam.“

„Es kribbelt schon wieder“, sagte die Teppichprinzessin, und auf einmal war sie in ihre menschliche Gestalt zurückverwandelt. Das heißt, sie war sogar mehr als nur zurückverwandelt. Ganz genau lässt es sich nicht erklären, aber es war wohl so, dass eben dieser dreizehnte Glockenschlag genau der war, der beim letzten Mal gefehlt hatte. So tat der Zaubertrank der Hexe doch noch seine gewünschte Wirkung.

„Schau mal“, sagte die ehemalige Kammerzofe, „ich habe Stammbaum und Geburtsurkunde. Ich bin also jetzt eine echte Prinzessin.“

„Ja“, entgegnete der Prinz lächelnd. „Aber Du hast noch Teppichflusen in den Haaren und in den Ohren. Das ist aber kein Problem. Du darfst gerne die königliche Badewanne benutzen.“

In diesem Moment schwebte das Schlossgespenst in das Gemach des Prinzen.

„Guten Abend, Ihr zwei Hübschen“, sagte es gut gelaunt. „Verheiratet und zurückverwandelt. Das ist wundervoll. Aber sagt mal: Wie oft hat denn gerade die Turmglocke geläutet? Ich habe dreizehn Schläge gezählt.“

„Dreizehn ist korrekt“, meinte der Prinz und nickte.

„Dreizehn Glockenschläge“, rief das Gespenst ungläubig. „Was soll ich denn da machen? Ich glaube, ich lege mich wieder schlafen. Man muss die Geisterstunde respektieren.“

Anlässlich der Rückverwandlung der Prinzessin wurde ein großes Fest gefeiert. Man gestaltete es wie eine Hochzeitsfeier, und die Teppichhochzeit radierte man aus den Chroniken heraus. Zur neuerlichen Feier lud man dann sogar Gäste ein, die bislang bei keiner königlichen Feier gewesen waren.

„Guten Abend!“, sagte die Hexe. „Darf ich mich vorstellen? Ich bin die unheimliche Hexe aus dem finsteren Wald.“

„Angenehm!“, entgegnete das Gespenst. „Ich bin das gruselige Schlossgespenst aus dem Kerker.“

„Ich finde es nett“, meinte die Hexe, „dass wir uns auch mal kennenlernen!“

Bald löste sich auch noch das Geldproblem, denn nachdem man sich mit dem Schlossgespenst so gut angefreundet hatte, erzählte es, dass es im Schlosskeller hinter einer versteckten Geheimtür noch eine vergessene, reichlich gefüllte Schatzkammer gab. Dafür tat sich allerdings ein neues Problem auf.

„Sag mal“, meinte der Prinz zur Prinzessin, „jetzt bist Du ja Prinzessin, und ich frage mich gerade, wer mir nun morgens den königlichen Tee an mein Bett bringt.“

„Ich finde, den kannst Du Dir ruhig selbst holen“, sagte die Prinzessin und lächelte.

„Das werden wir sehen“, entgegnete der Prinz, der mit diesem Vorschlag noch nicht ganz zufrieden war.

Wer weiß? Vielleicht wurde mit der Zeit noch eine andere Lösung für den Tee am Bett gefunden. Viel wichtiger aber ist, dass die beiden miteinander glücklich wurden, und da nichts anderes berichtet wurde, ist es wohl so gewesen.

Prinz auf Probe

Es war einmal eine Prinzessin, die lebte mit ihren Eltern in einem kleinen, feinen Schloss mit Blick auf den nahegelegenen Wald. Ihre Tage verbrachte sie mit Lesen und Träumen. So entwickelte sie einen besonderen Blick auf die Welt, der auch von Fantastereien geprägt war und ihre Mitmenschen immer wieder verwunderte. Manch einer verdrehte die Augen, wenn sie ihre Gedanken mitteilte. Als der König beispielsweise sagte, sie sei nun in dem Alter, in man ihr eine eigene Kammerzofe zugestehen wolle, da sagte sie: „Eine Kammerzofe ist ungeheuer praktisch, das ist mir klar. Aber ich hätte viel lieber eine gute Fee an meiner Seite, die auch besondere Wünsche erfüllen kann."

Der König wusste sehr wohl, dass die besonderen Vorstellungen seiner Tochter nicht leicht umzusetzen sein würden, auch damals nicht, denn Feen waren zu der Zeit noch seltener als heute. Dennoch ließ er nach einer guten Fee suchen, und das allgemeine Erstaunen war groß, als eine gefunden wurde. Es war eine nette, sehr erfahrene Fee, die mit ihrem Feenkoffer anreiste und ein Dienstbotenzimmer im Schloss bezog.

„Wie wunderbar!", jubelte die Prinzessin. „Jetzt beginnt die Zeit der Wünsche."

Die gute Fee jedoch kam nicht auf die Idee, rund um die Uhr Zauberwünsche zu erfüllen. Im Gegenteil: Sie versuchte, die Prinzessin immer wieder ins wirkliche Leben zu locken.

„Und, Frau Prinzessin?", sagte sie eines Tages. „Wie wäre es heute mit einem Spaziergang? Der Frühling lacht draußen, da sollten wir mitlachen."

„Ja, das machen wir auch“, entgegnete die Prinzessin. „Aber später. Ich muss erst noch etwas lesen.“

Die Fee zählte zu den sehr geduldigen Menschen, und Geduld war bei dieser Prinzessin gefragt, da sie sinnvolle und notwendige Dinge immer wieder aufschob, um Träumereien den Vorzug zu geben.

In dem Schloss gab es eine große Bibliothek, und das war der Lieblingsort der Prinzessin.

„Am allerliebsten lese ich romantische Liebesgeschichten und Märchen“, erklärte sie der Fee. „Von allen Märchen gefällt mir das mit dem Froschkönig am besten.“

„Und was gefällt Euch am Froschkönig so gut?“, fragte die Fee.

Die Prinzessin war über diese Frage verwundert. „Natürlich, dass der Frosch sich in einen Traumprinzen verwandelt und die Prinzessin am Ende heiratet. Das ist so romantisch!“

So las die Prinzessin ein weiteres Mal das Märchen vom Froschkönig. Danach ging sie mit der Fee spazieren. Aber auch als sie das Schloss längst verlassen und sich auf einen wunderschönen Waldweg begeben hatten, schien die Prinzessin noch in märchenhafte Gedanken verstrickt zu sein. Die Fee versuchte nun, sie auf die Schönheit der Natur aufmerksam zu machen.

„Und? Habe ich zu viel versprochen?“, fragte sie. „Es ist wunderbar hier draußen, oder? Die Vögel singen, die Frösche quaken. Und Ihr könnt Euch noch mehr freuen, immerhin habt Ihr in drei Tagen Geburtstag. Wisst Ihr schon, was Ihr Euch wünscht?“

Bald schon bedauerte die Fee, dass sie gefragt hatte, denn die Prinzessin bekam auf einmal leuchtende Augen.

„Oh ja, da fällt mir gerade in dieser Sekunde ein Wunsch ein“, schwärmte sie. „Es ist einer, den nur Du mir erfüllen kannst.“

„Und welcher ist das?“, fragte die Fee vorsichtig.

„Ich wünsche mir“, sagte die Prinzessin, „dass es mir genau so ergeht wie der Prinzessin im Froschkönig. Ich möchte, dass mir ein Frosch eine goldene Kugel aus dem Brunnen holt und so weiter. Ganz romantisch eben!“

„Ob das so eine gute Idee ist?“, fragte die Fee.

Die Prinzessin jedoch war davon nicht abzubringen, und an ihrem Geburtstag überreichte ihr die Fee eine Hutschachtel mit einer besonders schönen Schleife. Die Prinzessin öffnete sie, und als sie hineinschaute, glänzte es ihr entgegen.

„Eine goldene Kugel! Wie wunderbar!!! Auf geht's zum Brunnen!“

Auch wenn es entzückend war, dass die Prinzessin sich freuen konnte wie ein Kind, sah sich die Fee gezwungen, den Erwartungsdruck zu senken.

„Ich warne Euch“, sagte sie ganz ruhig. „Zauberei kann manches in die Wege leiten, aber eben nicht alles! Seid bitte nicht enttäuscht, wenn es am Ende nicht so wird wie in Euren Träumen.“

„Natürlich wird es wie in meinen Träumen“, meinte die Prinzessin, sprang auf und verließ das Schloss fröhlich hüpfend.

Der Brunnen lag unweit des Schlosses auf einer Waldlichtung im Schatten groß gewachsener Linden.

„Da wären wir also!“, stellte die Fee fest. „Und was nun?“

„Jetzt“, sagte die Prinzessin mit leuchtenden Augen, „fällt aus Versehen die goldene Kugel in den Brunnen. Plumps!“

Sie kicherte, während die Kugel untertauchte. Doch bald schon fiel der Prinzessin auf, dass nun etwas geschehen sollte, das aber sehr zu ihrem Leidwesen nicht geschah.

„Aber jetzt muss doch ein Frosch kommen“, merkte sie an, „und mir die Kugel wieder herausholen!“

„Ich fürchte nur, hier ist gar kein Frosch", gab die Fee zu bedenken.

Die Prinzessin schaute sich um und musste feststellen, dass die Fee recht hatte.

„Kannst Du mir bitte einen zaubern?", bat sie.

Entgegen ihrem Vorsatz, der Prinzessin nicht zu oft Zauberwünsche zu erfüllen, erklärte sich die Fee einverstanden. Der Geburtstag, so fand sie, konnte schon eine Ausnahme rechtfertigen. Sie murmelte also geheime Zauberworte, und im nächsten Moment hüpfte ein Frosch am Brunnen vorbei und quakte.

„Der hüpft aber in die falsche Richtung!", sagte die Prinzessin. „Kannst Du bitte zaubern, dass er in den Brunnen springt und die Kugel hochholt?"

Die Fee zauberte ein weiteres Mal, und der Frosch hüpfte auf den Brunnenrand, um dann einen Kopfsprung mit halber Schraube zur Vorführung zu bringen. Da staunte selbst die Fee.

„Elegant, der Frosch!", sagte sie.

Die Prinzessin war begeistert.

„Wie romantisch!", schwärmte sie.

Dann aber gab es ein weiteres Mal eine viel zu lange Pause, in der das gewünschte Ereignis ausblieb.

„Warum taucht er nicht wieder auf?", fragte die Prinzessin.

„Die Kugel scheint zu schwer für ihn zu sein", vermutete die Fee. „Er kann sie gar nicht tragen!"

„Dann zaubere ihm doch bitte Muskeln", schlug die Prinzessin vor, „bevor er noch ertrinkt!"

Wieder zauberte die Fee, und wenig später schob der Frosch die Kugel an den Brunnenrand und kam selbst gleich hinterher gekraxelt. Die Prinzessin schaute ihn an, und ihr Herz schlug höher.

„Guten Tag, Herr Frosch!“, sprach sie ihn an. „Möchtest Du mir vielleicht etwas geben?“

Der Frosch gab ein kaum hörbares Quaken von sich, blieb aber seine Antwort schuldig.

„Es wäre von Vorteil, wenn er sprechen könnte“, meinte die Prinzessin.

„Durchaus“, gestand die Fee ein. „Das hätte etwas. Und ich ahne auch schon, dass er es ohne meine Hilfe kaum lernen wird!“

Woher die Fee diese vielen sehr speziellen Zaubersprüche wusste, ist nicht genau bekannt. Jedenfalls brachte ihre nächste geheime Zaubermurmelei den gewünschten Erfolg.

„Guten Tag!“, quakte der Frosch.

„Guten Tag!“, sagte die Prinzessin gerade so, als ob ihr leibhaftiger Traumprinz bereits vor ihr stand. „Könntest Du mir bitte die Kugel geben. Sie ist vorhin aus Versehen in den Brunnen gefallen!“

„Bitte sehr!“, sagte der Frosch, übergab die Kugel und hüpfte davon. „Auf Wiedersehen!“

„Er macht es einem aber auch wirklich nicht leicht!“, beschwerte sich die Prinzessin. „Er soll mein Freund sein wollen!“

„Verstehe“, sagte die Fee.

Einen Zauberspruch später hatte der Frosch die gewünschte Idee. Er kam zurück gehüpft und hockte sich vor die Prinzessin.

„Darf ich Dein Freund sein?“, quakte er.

„Ja, klar!“, sagte die Prinzessin. „Und um das abzukürzen. Du kannst auch gleich mitkommen, im Schloss gibt es Geburtstagskuchen!“

Sie nahm den Frosch und nickte der Fee zu. Diese nahm die Kugel, und so liefen sie nach Hause. Die Königin allerdings wollte partout nicht gemeinsam mit einem Frosch an der Tafel sitzen, und der König bekam vor Schreck einen Schluckauf.

„Dann essen wir den Kuchen eben in meinem Zimmer“, bestimmte die Prinzessin und verdrehte die Augen. „Das ist mir sowieso viel lieber!“

So trug sie den Frosch weiter bis in ihr Zimmer, und die Fee kam mit dem Kuchen hinterher. Als sich die Tür hinter ihnen schloss, atmete die Prinzessin tief ein und aus. So hatte ihr Entspannungslehrer ihr das beigebracht. Dann lächelte sie wieder.

„Ich teile mal aus“, sagte sie und stellte die drei Teller nebeneinander. Mit geübter Hand schnitt sie drei Stücke vom Kuchen ab. Es war ein Schokoladenkuchen mit Himbeeren. Ihr Lieblingskuchen. Und dazu gab es Schlagsahne.

„Ein Stück für die Fee“, sagte sie. „Ein Stück für den Frosch. Und eines für mich! Guten Appetit!“

Doch als sie gerade beginnen wollten, den Kuchen zu verspeisen, hüpfte der Frosch auf die Fensterbank und fing dort mit schneller Zunge eine Fliege, die am Fenster gesessen hatte.

„Köstlich!“, quakte er.

Da musste die Prinzessin sich für einen kurzen Moment angewidert wegdrehen. Für sie duldete die Sache nun keinen Aufschub mehr. Der Kuchen musste warten.

„Ich werfe den Frosch nun gegen die Wand“, sagte sie zur Fee. „Und dann muss er sich in einen Prinzen verwandeln. Also: Ein kleiner Zauberspruch. Und dann haben wir's auch gleich!“

„Dein Wunsch ist mir Befehl“, antwortete die Fee und murmelte wieder etwas sehr Geheimnisvolles. Damit war alles bereit.

„So, jetzt wird es spannend“, meinte die Prinzessin. „Froschilein! Kommst Du mal zu mir?“

Sie packte den verdutzten Frosch und warf ihn nicht gerade zimperlich gegen die Wand. Und kaum hatte er die Wand berührt, da war er kein Frosch mehr, sondern ein durchaus ansehnlicher Prinz.

Die Prinzessin war hingerissen. „Das ist schöner als in meinen schönsten Märchenträumen“, sagte sie.

„Mir tut der Kopf so weh“, merkte der Prinz an.

„Moment!“, sagte die Prinzessin. „Das sollte aber anders sein. Kannst Du ihn bitte wieder gesund zaubern?“

„Ich fürchte, das geht nicht“, entgegnete die Fee. „Ihr habt ihn schon sehr hart geworfen. Möglicherweise hat er eine kleine Gehirnerschütterung. Jetzt brauchen wir zur Beruhigung einen Zaubertee und einen kühlen Lappen für die Stirn sowie etwas Bettruhe!“

Da wurde die Prinzessin etwas ruhiger.

„Das ist gut“, meinte sie. „Dann lese ich ihm das Märchen vom Froschkönig vor. So wird er gesund und weiß hinterher genau, was von ihm erwartet wird.“

Genau so machte sie es. Am nächsten Morgen ging es dem neuen Prinzen tatsächlich deutlich besser. Drei Tassen Tee, sieben kühle Lappen und zwölf vorgelesene Märchen hatte er bekommen und dann auch noch eine Nacht im warmen Bett schlafen dürfen. Mit dem neuen Tag kamen also neuer Schwung und neue Hoffnung.

„Jetzt, wo es Dir besser geht“, sagte die Prinzessin, „können wir gemeinsam frühstücken und über unsere Zukunft reden. Ich will Dich gar nicht unter Druck setzen. Du bist erstmal Prinz auf Probe, und dann sehen wir weiter.“

Die Fee nickte. Ein besonnenes Vorgehen war sicherlich das Beste. Und so begleitete sie die beiden.

„Was ist denn Probe?“, fragte der Prinz und schien damit einmal mehr die Geduld der Prinzessin zu strapazieren, denn die verdrehte die Augen.

„Das wirst Du dann schon sehen!“, sagte sie zu ihm, und in Richtung der Fee flüsterte sie: „Sag mal, kannst Du ihn wohl noch etwas klüger zaubern. Sonst wird es schwierig mit uns beiden.“

„Was das angeht, hat die Zauberei Grenzen“, erklärte die Fee bedauernd. „Ich habe ihm die Sprache und die Prinzengestalt gegeben. Da ist schon sehr viel mehr Klugheit enthalten, als ein Frosch haben kann. Alles Weitere muss er lernen!“

Die Prinzessin atmete tief ein und mit geschlossenen Augen wieder aus. Dann lächelte sie: „Na schön! Ich will geduldig sein.“

Zum Frühstück gab es im königlichen Speisesaal Brot, Croissants, Käse und feinste Konfitüre. Dazu frisch aufgebrühten Kaffee. Die Prinzessin freute sich, ihrem Prinzen ein so wunderbares Frühstück anbieten zu können.

„Wie schmackhaft!“, sagte er.

„Ich sehe, Du hast Geschmack!“, meinte die Prinzessin. Nun sollte doch alles gut werden.

„Ja“, sagte jedoch der Prinz, „am Fenster sitzen gleich zwei fette Brummer!“

Was nun folgte, war für die Prinzessin unvorstellbar.

„Oh, mein Gott“, entfuhr es ihr, und sie musste sich wieder abwenden. Wenig später saßen da jedenfalls keine dicken Brummer mehr, und der Prinz streichelte sich lächelnd über den Bauch.

Die Prinzessin war sprachlos und kreidebleich.

„Mir scheint, das war eine gute Idee mit der Probe“, meinte die Fee, „denn die Zauberei kann nun einmal seine Instinkte nicht verändern. Das eine ist möglich, das andere eben nicht.“

Es war dieser Moment, in dem die Prinzessin einsah, dass sich ihre Vorstellung nicht umsetzen ließ.

„Oje!“, sagte sie. „Dann beschließe ich jetzt Folgendes: Wir gehen zum Brunnen, und da bekommt er seine Froschgestalt zurück.“

So führte sie der Weg noch vor dem Frühstück auf die Waldlichtung. Und obwohl die Prinzessin auch erleichtert war, als der Frosch nach einem weiteren Zauberspruch wieder als solcher erkennbar war und auch sogleich in den Brunnen hüpfte, so war sie auch ein wenig betrübt. Die Fee bekam Mitleid mit der Prinzessin, die sich zwar zusammenriss, aber eben deutlich Kopf und Schultern hängen ließ.

Am Abend wollte die Fee noch einmal nach ihr sehen. Sie traf die Prinzessin wieder an ihrem Lieblingsort an: Sie saß in der Bibliothek und blätterte in einem Märchenbuch.

„Ich hoffe, es geht Euch gut“, sagte die Fee. „Manchmal hat das Leben seine Tücken, und wir brauchen viel Kraft, um mit Enttäuschungen umzugehen.“

Die Prinzessin nickte verhalten. Dann lächelte sie.

„Mein zweitliebstes Märchen ist Rapunzel. Kannst Du eigentlich auch Haarverlängerungen zaubern?“

Die Fee antwortete mit einem Lächeln, doch insgeheim dachte sie an Dornröschen und den hundertjährigen Zauberschlaf.

Weitere Bücher von Christian Peitz
sowie die Hörspiele aus dem Podcast
Märchen-Hörspiele gibt es auf

www.timpete.de

TimpeTe